仮面の告白

假面的告白

三島由紀夫

高詹燦 譯

美——美真是可怕的東西！它的可怕在於無從捉摸，而且也不可能捉摸，因為上帝原本就設下了一些謎。在美中兩岸可以合攏，一切矛盾可以並存。我才疏學淺，但這點卻早已思考過，神祕的事物太多了！地球上無止境的謎題困擾著世人，要解開這些謎如出汙泥而不染般困難。美啊！我最無法忍受的莫過於，看到一個心地高尚、絕頂聰明的人懷抱聖母瑪利亞的理想邁出腳步，最後卻抱著罪惡的理想告終。不，還有更駭人的情況，那就是懷著罪惡的人在不否定聖母理想的情形下，宛然置身天真無邪的青年年代，從心底燃燒對美的理想的憧憬之心。人心實在寬廣莫測，太過寬廣了，我寧願它縮小一點。鬼知道，究竟是怎麼回事，真是的！從理性的眼光來看美是一種汙辱，但以感性的眼光來看則益發動人。在罪惡中究竟有無美的存在？

……總之，人只喜歡談論自己所關心的事。

——杜思妥也夫斯基《卡拉馬助夫兄弟》

第三篇第三章「熱烈之心的懺悔」

一

長久以來，我堅稱見過自己出生時的情景。每每提及此事，大人們總是哈哈大笑，最後甚至懷疑我是在嘲弄他們，而以略帶憎恨的眼神，凝睇著我那臉色蒼白、看起來完全不像孩童的臉蛋。祖母擔心我要是剛好在交情不深的客人面前口出此言，恐怕會被當作是低能兒，於是以嚴峻的口吻打斷我，叫我到一旁玩去。

而那些聽了哈哈大笑的大人，則往往會展開科學的解釋想要說服我。為了讓孩子能聽明白，讓我用淺顯易懂的方式來說明吧——大人們展現十足的幹勁，以略嫌誇張的熱心態度對我說「那時候小嬰兒還沒睜眼」、「就算睜開眼睛，也不可能有清晰的思緒，能將畫面留在記憶裡」，這幾乎成了固定模式。是這樣沒錯吧——他們見我仍一臉狐疑，伸手搖晃我纖細的肩膀如此詢問時，往往會猛然發現自己差點中了我的圈套。不能當他是孩子就疏忽大意，這小子設圈套讓我跳，肯定是想問「那檔子事」。既然是這樣，為何不能像一般的孩子那樣，天真地問一句「我是從哪兒出生的呢？我為什麼會出生？」最後他們往往會再次陷入沉默，露出彷彿內心受創的淺笑，靜靜注視著我。

但那是他們自己想多了。我並非想問「那檔子事」。就算不是那樣，深怕會傷害大人內心的我，根本不可能有設圈套騙人的謀略。

不論他們再怎麼百般說服，或是大笑離去，我仍堅信我擁有目睹自己出生情景的體驗。可能是來自當時在場的人親口描述所留下的記憶，或是來自我個人的想像。但唯獨有個地方，我清楚覺得是我親眼所見。那就是嬰兒出生、盥洗用的木盆盆緣。那是個剛用不久、木紋鮮明的木盆，從盆內往外看，盆緣還微微泛著亮光。只有那地方的木紋顯得光輝耀眼，宛如以黃金打造而成。蕩漾的水波，波尖看起來幾欲要觸及那個地方，但終究還是搆不著。不知是反射，還是因為陽光照向該處，盆緣下方的水映照出柔和的亮光，細微的波光頻頻相互碰撞。

——對這番記憶最有力的反駁就是：我並非白天出生。我是在晚上九點誕生，理應不會有照進屋內的陽光。那是電燈的亮光嗎？就算遭受這樣的調侃，我仍認為，不管天再怎麼黑，也難保陽光不會就只照向那一處，就此大步走進那不合道理的邏輯中，絲毫不以為忤。而那金光閃動的木盆外緣，多次成為我目睹自己出生盥洗時的光景，在我記憶中蕩漾。

我在震災[1]發生的兩年後出生。

十年前，我祖父在殖民地擔任高官時[2]引發了一起貪汙案，一肩扛下部下的罪責，引咎辭職後（我這並非是以美麗的辭句掩飾。我祖父對人懷有愚蠢的信賴，到幾近完美的程度，在我的前半人生中，從沒見過足以望其項背者），家中經濟便一落千丈，就像哼著歌溜下斜坡一樣，輕鬆而又飛快。龐大的債務、扣押、變賣房產，然後隨著日漸窮困，病態的虛榮也日益高漲，宛如一股黑暗的衝動般——就這樣，我在民風不佳的市街一隅的老舊租屋處出生了。這房子有唬人用的鐵門、前庭，以及和市郊的禮拜堂一樣寬敞的西式房間，從山坡上看是兩層樓，從山坡下看是三層樓，感覺既昏暗，又不起眼，一棟錯綜複雜、威儀十足的房子。有許多昏暗的房間，六名女傭，加上祖父、祖母、父親、母親，一共十人，在這棟宛如老舊衣櫃般嘎吱作響的屋子裡生活。

祖父的事業野心，與祖母的疾病和揮霍毛病，是一家人煩惱的根源。祖父被一群阿諛逢迎的可疑人士帶來的平面圖所誘惑，常懷著黃金夢遊歷遠方；而出身名門的祖母對祖父既憎

1 一九二三年九月一日的關東大地震。

2 作者的祖父平岡釘太郎，在明治四十一年（一九〇八年）至大正三年（一九一四年）擔任樺太廳長官，當時因「樺太疑獄事件」而辭職，之後獲判無罪。

恨又輕蔑，她有著堅毅不撓、狂野中帶有詩情的靈魂。她的陳年宿疾——腦神經痛，以拐彎側擊的方式一點一滴侵蝕她的神經，同時為她的理智增添了無益處的清晰。在她嚥氣前，始終如影隨形的狂躁症狀，竟是祖父壯年時所遺留的罪孽，這又有誰會知道呢？

父親在這個家迎娶了柔弱的美嬌娘，亦即我的母親。

大正十四年[3]一月十四日早晨，母親開始陣痛。晚上九點，不到兩千五百公克的小嬰兒呱呱墜地。在出生後的第七天晚上，他們讓我穿上法蘭絨的襯衣、奶油色的紡綢內衣、碎白花的縐綢和服，祖父在一家人面前，將我的名字寫在奉書紙[4]上，置於供臺，擺放在壁龕內。

我的頭髮一直都是金色，後來勤抹橄欖油，才逐漸轉黑。我父母住二樓，祖母以二樓養育嬰兒很危險為藉口，在我出生第四十九天，便從母親手中將我搶走。在祖母那終日緊閉、充斥著疾病和老人氣味的病房裡，我的床鋪和她的病榻擺在一起，我就此被養育長大。

我還不到一歲，便從樓梯的第三階跌落，撞傷了額頭。當時祖母出門看戲，父親的堂兄妹們和母親為了這難得的喘息機會而歡騰不已。這時母親突然上二樓拿東西，我朝母親身後追去，結果和服的長下襬被勾住，跌落樓梯。

他們急忙派人去歌舞伎座請祖母回來。祖母返家後，站在大門處，以右手的枴杖拄著身子，看著前來迎接的父親，語氣出奇冷靜，像刻字般一字一字緩緩說道：

「死了嗎？」

「不。」

祖母踩著巫女般自信的步伐，走進屋內……

——我五歲那年元旦的清晨，我嘔出一口像紅咖啡似的東西。主治醫生前來診治後說「我不敢擔保醫得好」。然後像在插針似的，朝我注射樟腦液和葡萄糖。我的手腕和上臂都測不出脈搏，就此過了兩個多小時。大家皆望著我這具屍體。

一家人齊聚一堂，並湊齊了白壽衣和我生前鍾愛的玩具。接著過了約一個小時後，我排出尿液。母親的博士哥哥見狀後說道「撿回一命了」，因為那是心臟開始跳動的證明。稍頃，我再度排尿，臉頰也慢慢浮現朦朧的生命之光。

週期性嘔吐綜合症——這病症就此成了我的痼疾。平均每個月發病一次，症狀時輕時重，多次在鬼門關前打轉，後來光聽疾病走近的腳步聲，我的意識便能分辨那是逼近死亡的重症，還是離死甚遠的小病。

3 西元一九二五年。

4 古時的文書用紙，為純白、無皺紋的高級紙。

我最早的記憶以難以置信的清楚影像困擾著我的記憶，就是從那時候開始。

我不清楚當時牽我手的，是母親、護士、女傭，還是我嬸嬸。當時是什麼季節，同樣也模糊不清。午後的陽光陰沉照向環繞坡道而建的屋舍，那名不知是誰的女子牽著我的手，走上坡道，朝我家的方向而去。前方有個人下坡走來，於是女子用力拉著我的手避向一旁，停下腳步。

那個畫面我多次複習、加強印象、集中回憶，每次肯定都會得到新的含意，因為在周遭模糊的情景下，唯獨那「下坡走來的人」帶有不合理的清晰度。就因為如此，雖然它一直為我的前半生帶來苦惱和威嚇，卻又是最早一幕、值得紀念的畫面。

走下坡道的是一名年輕人。前後都挑著水肥桶，頭上纏著一條骯髒的手巾，他擁有氣色紅潤的漂亮臉頰和炯亮的雙眸，雙腳承受著重量，一步一步走下坡來。他是專門清屎尿的挑糞人，腳下穿著膠底布襪鞋，下半身搭一件藏青色緊身工作褲。五歲的我朝他的模樣投以異樣的注目。雖然還不確定那具有什麼含意，但某個力量最初的啟示、某個陰暗又奇妙的叫喚聲在呼喊我。它一開始以挑糞人的身影顯現，具有其隱喻性，因為屎尿是大地的象徵，而向我呼喚的肯定是根源之母那充滿惡意的愛。

我有預感，這世上存在著某種會為人帶來陣陣刺痛的慾望。我仰望那名全身汙穢的年輕人，一股「我想變成和他一樣」、「我想成為他」的慾望緊緊束縛了我。我清楚憶起那個慾望有兩個重點，一個是他藏青色的緊身工作褲，另一個是他的職業。藏青色的緊身工作褲清楚呈現出他的下半身線條，感覺他以柔美的動作朝我走來，我就此對他的緊身工作褲感到難以言喻的傾心，也不懂為什麼。

他的職業——其他孩子在懂事時都會想當陸軍大將，在我心中同樣泛起「我想當挑糞人」的憧憬。憧憬的原因也可說是因為那藏青色的緊身工作褲，但絕非只因如此。這個中心思想在我心中強化、自行發展，呈現出後續奇特的推展。

這是因為我從他的職業中感受到對某種強烈的悲哀、令人扭曲掙扎的悲哀，所產生的一股憧憬。若純就感覺的涵義來說，我從他的職業中感受到「悲劇性之物」。他的職業滿溢出一種「挺身而出」的感覺、自暴自棄的感覺，對危險的一種親近感、空虛與活力交融的醒目混合感，朝年僅五歲的我直逼而來，深深將我攫獲。或許是我誤解了挑糞人這個職業，可能是我從人們那裡聽說過其他職業，而單憑他的服裝產生誤認，就此深陷在他的職業中、無法自拔。若非如此，我也不知該如何解釋。

因為和這種情緒相同的主題，很快便轉移至花電車[5]司機、地鐵驗票員身上，他們讓我強烈感受到我所不知道、而且永遠被排除在外的「悲劇性生活」。尤其是地鐵的驗票員，當時地鐵車站內總是飄散著一股既像橡膠，又像薄荷的氣味，與他藍色制服胸前那排金色鈕釦搭在一起，很容易促成「悲劇性之物」的聯想。不知為何，我總覺得在這種氣味下生活的人帶有「悲劇性」。我的感官極力追求、而我又加以拒抗的某個地方，在與我無關的情況下進行的生活、事件，以及人們，這些就是我對「悲劇性之物」所下的定義。而我永遠被排除在外的悲哀，總是夢想著能轉化至他們以及他們的生活上，我勉強透過自身的悲哀，想要加入他們的圈子。

這麼一來，我感覺到的「悲劇性之物」，或許只是我感覺到自己被排除在外的預感，所帶來的悲哀投影。

我還有一個最初的記憶。

我六歲就已會讀寫。當時我還看不懂那本繪本，所以肯定是我五歲的記憶。

在為數眾多的繪本中，當時我唯獨對那本書裡的一張跨頁圖畫情有獨鍾。只要凝望那張圖，我便能忘卻無聊的漫長午後，而不知為何每次一有人來，我總會感到心虛內疚，急忙翻往別頁。護士和女傭的看顧令我不勝其煩。我渴望能過著整天看那幅畫、什麼事都不做的日子。只要翻開那一頁，我便滿心雀躍，看其他頁面則心不在焉。

那幅圖畫的是騎乘白馬、高舉長劍的聖女貞德。白馬鼻翼賁張，強健的前腳揚起沙塵。聖女貞德身上的白銀鎧甲，印有美麗絕倫的紋章。從頭盔中露出他秀麗的臉龐，威風凜凜地拔劍舉向藍天，與「死亡」，或是某個擁有邪惡力量、飛向天際的對象展開對抗。我深信他下個瞬間就會慘遭殺害。要是趕緊翻頁，或許就能看到他被殺的圖畫。繪本或許會因為某個原因，而在不知不覺間直接跳往「下個瞬間」……

但某天，一名護士若無其事地翻開那一頁，朝在一旁偷瞄的我說道：

「少爺，您知道這幅畫的故事嗎？」

「不知道。」

---

5 為了慶典的紀念活動而以人造花或燈泡裝飾的電車。

「這個人長得像男人對吧。其實她是女人喔。這是講一個女人扮成男裝前赴戰場、為國奮戰的故事。」

「她是女人啊？」

我大失所望。我一直以為他是男人，沒想到竟然是女人。這麼俊美的騎士竟然不是男人，而是女人，這有什麼好？（現在我仍對女扮男裝懷有一種難以形容的強烈厭惡。）尤其像是我對他的死抱持美好幻想所得到的殘酷報復，也像是在人生中第一次遭遇「來自現實的報復」。日後，我從奧斯卡・王爾德的詩句中，發現對俊美騎士之死的讚美。

縱使命喪葦藺[6]間
騎士之美不曾改

從那之後，我便對那本繪本不屑一顧，再也沒拿起它。

於斯曼[7]在小說《彷方》（*Là-bas*）中提到，「理應旋即轉變為細膩殘暴和微妙罪惡之個性者」的吉爾・德・萊斯[8]，是因為奉法國國王查理七世之命，擔任聖女貞德的護衛，親眼目睹其各種難以置信的事蹟，才造就他神祕主義的衝動。雖說是相反的機緣（也就是造成我厭惡的機緣），但以我的情況來說，這位奧爾良少女[9]也扮演了重要的角色。

——我還有另一個記憶。

那就是汗的氣味。汗的氣味驅策我、激起我的憧憬、支配了我……只要豎耳細聽，便會傳來一種渾濁、細微、駭人的聲音。有時摻雜著喇叭聲，一陣單純、出奇悲切的歌聲由遠而近。我拉著女傭的手，連聲喊著「快點、快點」，向她催促，急著要她抱起我站向門邊。

操練歸來的軍隊從我家門前通過。我總是很期待喜歡小孩的士兵們賞我幾個空彈殼。祖母說這東西很危險，禁止我向他們索討，所以這份期待還另外帶有幾分祕密的歡悅。那沉重

---

6 葦指蘆葦，藺指燈心草。

7 Joris-Karl Huysmans, 1848-1907，法國小說家。前期是自然主義的擁護者，後期是現代派的先鋒。

8 Gilles de Rais, 1404-1440，英法百年戰爭時期的法國元帥、著名的黑巫術師——拉瓦爾男爵，百年戰爭時期他是聖女貞德的戰友，曾被譽為民族英雄。

9 聖女貞德曾率軍解救奧爾良之危。

的軍靴踏地聲、骯髒的軍服、扛在肩上的一長排步槍，都足以令每個孩子著迷。但真正吸引我、令我期待著向他們索討彈殼的隱藏動機，就只是他們身上的汗味。

士兵的汗味，那宛如海風般、炒成金黃色的海岸空氣的氣味，朝我鼻子直撲而來，令我沉醉。我最初的氣味記憶，或許就是它了。這氣味當然不是馬上與性的快感產生連結，士兵的命運、他們職業的悲劇性、他們的死、他們應該放眼的遙遠國度、我對這些事物的感官慾望，都因這氣味在我心中緩緩又確實地甦醒。

……在我人生中首次遇見的就是這些異樣的幻影。其實一開始是以精心雕琢的完好形象呈現在我面前，沒有任何缺陷，儘管日後我從中探訪自己的意識或行動的泉源，一樣沒有任何缺陷。

我自幼對人生抱持的觀念，始終都不照奧古斯丁[10]的預定論[11]路線走。一些無益的迷惘多次折磨著我，至今仍不斷令我受苦，但只要將這種迷惘也視為一種罪惡的誘惑，我的決定論[12]便可堅定不移。我這一生的所有不安所構成的菜單，在我還沒能看懂它的時候就已賜給了我，我只要圍上餐巾、面向餐桌即可。就連現在我動筆寫下這本特異書籍，也早就詳細列在菜單上，我應該老早就看過了。

幼年時代是時間與空間相互糾結的舞臺。例如火山爆發、叛軍群起，這些大人告訴我的各國新聞；發生在我眼前的祖母發病或家中繁雜的爭執；之前我為之沉迷的童話世界幻想事件，對我來說，總覺得這三件事價值相同，而且屬於同樣的體系。我不覺得這世界比堆疊的積木更複雜，也不認為日後我將前往的「社會」，會比童話裡的「世界」更光怪陸離。一個限定就在潛意識中產生。而所有的幻想一開始就是為了抗拒這個限定，以致出奇完整地滲出近似對熱切祈願的絕望。

夜裡我躺在床鋪上，看見包圍我床鋪四周、不斷延伸的黑暗中，浮現出金光燦爛的都市。它無比悄靜，而且充滿光輝與神祕，造訪那裡的人們，臉上一定被蓋上神祕的印章。深夜返家的大人們，在他們的言談舉止間還留有某種像暗號或共濟會的東西，而且臉上帶有某

10 Aurelius Augustinus, 354-430，早期西方基督教的神學家、哲學家，主要著作有《懺悔錄》、《上帝之城》。

11 基督教神學理論，主張人類是得到救贖還是毀滅，事先都已注定。

12 哲學名詞，認為自然的各種現象、歷史事件，尤其是人類的意志，全都受某個原因規範。

種晶亮閃耀、令人不敢直視的疲憊，猶如那用手指碰觸後就會沾上銀粉的聖誕面具。要是伸手碰觸他們的臉，似乎就能明白夜晚的都市為他們彩繪所用的顏料色彩。

不久，我目睹「夜」在我眼前掀開了簾幕。那是松旭齋天勝[13]的舞臺。（她難得到新宿劇場演出，在同一個劇場裡，隔了幾年後，一位名叫但丁的魔術師設置的舞臺，規模是天勝的好幾倍大，但不論是但丁，還是萬國博覽會的哈根貝克〔Carl Hagenbeck〕馬戲團，都沒有當初天勝帶給我的震撼。）

她豐腴的身軀裹著一件宛如啟示錄裡的大蕩婦穿的衣服，在舞臺上悠然漫步。魔術師特有的一種似流亡貴族般故作姿態的高雅、帶有一絲陰鬱的嬌媚、女中豪傑的舉止，與她身上那唯有便宜貨才會發出的耀眼亮光所點綴成的仿冒服裝、猶如唱戲女子般的濃妝、直抹至腳尖的白粉、人造寶石堆疊成的華麗手環等，呈現出奇妙的憂鬱協調。倒不如說，這些不協調造成的暗影，其細膩的紋理反而有獨特的和諧感。

我對於「想成為天勝」與「想成為花電車司機」這兩個心願的本質不同，自己也隱約明白。其中最顯著的差異，是前者可說完全欠缺對「悲劇性之物」的渴望。對於想成為天勝的想望，我並未從中體會到憧憬與內疚交錯、令人備感急躁的混淆感。儘管如此，某天我還是在壓抑內心悸動的痛苦折磨下，潛入母親房內，打開衣櫃。

我取出母親和服中最華麗、最耀眼的一件。用油畫顏料在腰帶上頭繪上紅豔玫瑰，我像土耳其的大官般一圈又圈地纏在身上，再用縐綢包巾纏在頭上。我站在鏡子前一看，覺得這即興纏成的頭巾，像極了《金銀島》裡出現的海盜頭巾。我因狂喜而臉泛紅光，但我還有得忙呢。我的一舉一動，乃至於我的手指和腳趾，都必須得符合「產生神祕感」才行。我將小鏡子插在衣帶裡，臉部抹上薄薄的白粉；接著將圓筒形的銀色手電筒、造型典雅，表面鏤金的鋼筆，以及所有光芒耀眼的東西全帶在身上。

我就這樣一本正經地來到祖母的房間。我壓抑不了那瘋狂的滑稽與歡悅，一面喊著「我是天勝，我是天勝」，在那裡東奔西跑。

那裡有臥病在床的祖母、母親、某位客人，和負責照護的女傭。我無視於他們，我的狂熱全集中在自己所扮演的天勝正受到眾人注視的意識上，也就是說，我只看到自己。然而我突然瞄到母親的臉。她臉色略顯蒼白，一臉茫然地坐在原地。而當她與我四目交會時，她倏然低頭望向地面。

我頓時曉悟，眼中滲出淚水。

---

13 明治後期到大正、昭和初年的知名女魔術師。

這時我曉悟了什麼，或是被迫曉悟了什麼呢？「罪惡前的悔恨」這個日後的主題，這時便已暗示了端倪嗎？還是說，我從中得到「置身在眾人慈愛的目光下，孤獨看起來是多麼不像樣」的教訓，同時也從它的反面學會我自己一套拒絕愛的方式。

——女傭逮住我，我被帶往其他房間，像隻被扯掉羽毛的雞，轉眼間這身荒唐的裝扮即被剝下。

我因為開始看電影，才激起了強烈的扮裝慾。在我十歲前一直都持續著。

有天我和工讀男傭一起去看《魔鬼兄弟》（Fra Diavolo）這部音樂電影。扮演山賊迪亞波羅（Diavolo）的演員，他袖口處長長的蕾絲花邊翻飛的宮廷服令我難忘。當我說好想穿那種服裝，好想戴那種假髮時，那名工讀男傭露出輕蔑的微笑。但我知道，他常在女傭房間裡模仿八重垣姬[14]逗女傭們笑。

不過，繼天勝之後吸引我的是埃及豔后。在某年歲末降雪的日子，我央求一名熟識的醫生帶我去看電影。由於時值年終，觀眾並不多。醫生把腳擱在扶手上睡著了。我獨自以好奇的目光，望著那名坐在由眾多奴隸扛起的古怪轎子上、就此進入羅馬的埃及女王：眼瞼全塗上眼影的陰鬱眼神、一身超乎自然的服裝，以及從波斯地毯中露出的半裸琥珀色胴體。

這次我瞞著沒讓祖母和父母發現（懷著十分罪惡的歡悅），全神投入埃及豔后的扮裝中，給弟妹們看。我對這樣的女裝有何期待？日後，我從羅馬衰退期的皇帝，那位羅馬古神的破壞者、頹廢的帝王禽獸——埃拉伽巴路斯（Elagabalus）身上，看出和我一樣的期待。

我說完了兩種前提，這需要複習一下。第一個前提是挑糞人、奧爾良少女，以及士兵的汗味。第二個前提是松旭齋天勝和埃及豔后。

還有一個前提非提及不可。

只要是孩子伸手拿得到的童話書，我皆涉獵，但我可不愛那些公主。我只愛王子，尤其喜愛遭殺害的王子，以及命中注定得死的王子。所有會被殺害的年輕人我都愛。

14 歌舞伎「本朝二十四孝」的女主角。

但我到現在仍想不透，為何在為數眾多的安徒生童話中，唯獨《玫瑰花精》裡那名正在親吻愛人留給他當紀念的玫瑰時，被壞蛋用刀刺殺並砍下首級的年輕人，在我心中留下深刻的陰影。為何在眾多世界童話中，唯獨《漁夫和人魚》裡那名緊抱著人魚、就此被海浪打上岸的年輕漁夫屍體，深深吸引了我。

我當然也十分喜愛其他的兒童故事。我喜歡安徒生的《夜鶯》，許多適合孩子看的漫畫我也喜歡，但我的內心時常會走向死亡、黑夜、鮮血，無法攔阻。

「被殺害的王子」形成的幻影始終苦苦追逐我。王子們身穿緊身褲的暴露裝扮，以及他們殘酷的死，兩者連結在一起幻想為何這般愉快，有誰能向我說明呢？有一本匈牙利童話，那原色印刷、畫風極為寫實的插畫，長期以來一直擄獲我的心。

插畫裡的王子穿著黑色緊身褲，上身則是一件胸前有金線刺繡的玫瑰色外衣，披著深藏青色披風，紅色的內裡隨風翻飛，腰間繫著綠色與金黃色的兩色腰帶；他的武器裝備有金綠色頭盔、紅色大刀、綠色皮革的箭袋。戴著白色皮手套的左手持弓，右手搭向森林老樹的樹梢，以威武中帶著沉痛的神情，俯視此刻即將朝他襲來的那隻巨龍可怕的血盆大口。他的表情帶有必死的決心。倘若這名王子肩負著勝利者的命運、注定會誅殺惡龍，他對我的蠱惑不知道會有多薄弱。幸好王子背負的是死亡的命運。

但說來遺憾，他死亡的命運並不完美。王子為了解救妹妹，與美麗的妖精女王結婚，忍受了七次死亡的考驗，多虧他含在口中的鑽石魔力，他死了七次，又復活七次，最後終於得以享受成功的幸福。右邊的插圖是他第一次死——被龍活活咬死前的光景。之後他「被大蜘蛛逮住、朝體內注入毒液，大口吃進肚裡」、溺水而死、被火燒死、遭蜂螫和毒蛇咬、投身至無數把尖刀排成刀山的洞穴裡、被「密如降雨」的無數落石擊中而死。

「被龍咬死」描寫得特別鉅細靡遺。

「龍立刻將王子咬碎。王子被咬碎時，感到痛苦難當，但他靜靜忍耐，待他全身都徹底支離破碎後，又忽然恢復原狀，飄然從巨龍口中飛出。身上連一點擦傷也沒有。巨龍則是當場喪命倒地。」

這一段我反覆看了上百遍。但它有個不容忽視的缺陷，那就是「身上連一點擦傷也沒有」的這一行描寫。看了這一行，我有種被作者背叛的感覺，認為作者犯了很重大的過失。不久，在某個情況下我想出一個發明。就是在讀到這部分時，將「又忽然」一直到「巨龍則是」的中間這部分用手遮住。這麼一來，這本書就呈現出理想讀物應有的形象了。念起來就像這樣：

「龍立刻將王子咬碎。王子被咬碎時，感到痛苦難當，但他靜靜忍耐，待他全身都徹底支離破碎後，當場喪命倒地。」

——這種刪節的方式，大人看了可能會覺得不合邏輯吧？不過，我這位幼稚、傲慢、容易耽溺於個人喜好中的檢閱官，儘管明白「全身都徹底支離破碎」和「當場喪命倒地」的句子明顯帶有矛盾，還是無法割捨這兩句話。

另一方面，幻想自己戰死或被殺害的狀態令我備感愉悅。但我對死亡的恐懼比一般人都來得強烈。有天早上，我欺負一名女傭，把她惹哭了，但她仍舊若無其事地以開朗的笑臉伺候我吃早餐，我見狀後，從她的笑臉中看出各種含意。這只給我一種感覺——那是擁有十足勝算才會流露的惡魔微笑。她可能是企圖毒殺我，以此向我報復。我因恐懼而忐忑不安。她肯定是在味噌湯裡下了毒。當我早上有這種感覺時，我絕不碰味噌湯。有幾次當我用完餐離席時，我會注視著女傭的臉，就像在對她說「妳看到了嗎」。而在餐桌對面的女傭因毒殺的企圖失敗而備感沮喪，無法站立，遺憾地凝望已完全變涼、浮著塵埃的味噌湯。

祖母體恤我體弱多病，基於不讓我學壞的顧慮，禁止我和附近的男孩一同遊玩，所以我的玩伴除了女傭和護士外，就只有祖母為我從附近的女孩中特別挑選的三名女孩。些微的噪音、用力開門關門的聲響、玩具的喇叭聲、摔角，所有音量大的聲響都會引發祖母右膝的神經痛，所以我們的遊戲勢必得比一般女孩玩的遊戲還要安靜才行。我反而更喜歡獨自閱讀、玩積木、恣意沉溺於幻想中，或是畫畫。不久，我的弟弟妹妹陸續出生，在父親的考量下（沒像我一樣交由祖母帶養），他們像一般孩子那樣自由成長，但我並不羨慕他們的自由和粗野。

然而，自從我去堂妹家玩之後，情況就有了改變。連我也開始被要求要像個「男生」。當時是我七歲那年的早春，我即將上學，到某個堂妹家（就叫她杉子吧）拜訪時，發生了一件值得紀念的事。之所以這麼說，是因為帶我前去作客的祖母見大伯母他們直誇我「真的長大了呢」，在其慫恿下，允許送到我面前的飯菜有特別的例外。前面也曾提過，由於擔心我的週期性嘔吐綜合症頻頻發作，之前祖母都禁止我吃「青皮魚」。以前提到魚，我只知道比目魚、鰈魚，以及鯛魚這類的白肉魚，而說到馬鈴薯，也只知道搗碎過篩後的馬鈴薯，而說到點心，包餡的一概不准吃，所以只吃口味清淡的餅乾、威化餅乾、乾菓子，水果則只知道切成薄片的蘋果和少量的橘子。第一次吃青皮魚（鰤魚），我吃得心滿意足。它的美味象徵我被賜予一項大人的資格，但每次感受到這點，我也會有種坐立難安的不安，亦即「成為大人的不安」這種沉重感，令我的舌尖嚐到了苦澀。

杉子是個身體健康、充滿生命力的孩子。在她家留宿，於同一間屋裡鋪床共枕時，杉子幾乎在頭靠向枕頭的同時，便像機器般輕鬆入睡，而始終無法入眠的我則略帶嫉妒和讚嘆的心情凝望著她。在她家中，我比在自己家裡還要自由好幾倍。由於可能會將我奪走的假想敵（亦即我的父母）不在這裡，祖母也才能放心讓我自由。沒必要像待在家裡時那樣，時時刻刻將我掌控在視線範圍內。

然而，受此特別對待的我無法徹底享受這樣的自由。我猶如一個大病後首次下床走路的病人，被迫履行看不見的義務，備感拘束。我反而懷念起那可以讓我偷懶怠惰的床鋪。在這裡，我在沒人明說的情況下，被要求展現出男生應有的樣子。從這時候起，我開始隱約明白，在別人眼中覺得我是在演戲，對我而言卻是想要回歸真實本質的表現，而看在別人眼中覺得是自然的我，反而才是我在演戲。

我那非出於本意的演技，讓我說出「我們來玩打仗遊戲吧」這句話來。杉子和另一名堂妹是我的玩伴，所以和她們玩打仗遊戲並不適當。更何況擔任我遊戲對象的這兩位女中豪傑，也顯得興趣缺缺。我之所以提議玩打仗遊戲，也是出於一種反向的人情義理，換句話說，我不能討好她們，而且非得讓她們傷腦筋才行，就是這樣一種反向的人情義理。

向晚時分，我們雖然都覺得無聊，但還是持續在屋子內外玩著蹩腳的打仗遊戲。杉子在樹叢下模仿機關槍發出噠噠噠的聲音。我心想，也差不多該做個了結了。於是我逃進屋內，看見口中連聲發出噠噠的聲響，緊追而來的女兵後，我手按胸口，倒臥在客廳中央。

「你怎麼了，小公[15]？」

——女兵們一本正經地靠向我。我既沒睜眼，也沒抬手，回答道：

「我戰死了。」

我想像自己身體扭曲倒臥地上的模樣，非常愉悅，對自己中槍後慢慢死去的狀態有種難以言喻的快感。就算真的中彈，我可能也會覺得痛吧……

幼年時……

我遇見一個充滿象徵性的情景。對現在的我而言，那情景代表了我的幼年時期，當我看到它，感覺就像我的幼年時代即將離我而去、朝我揮手訣別。我內在的時間悉數從我體內冉冉而升，被擋在這幅畫面前，正確地模仿畫中的人物、動作，以及聲音，在複製完成的同時，原本是原畫的那幕情景融入了時間中，而遺留給我的，不過是唯一的複製品——也就是

15 三島由紀夫的本名是平岡公威。

我幼年時期正確的剝製標本。我有預感，每個人的幼年時期應該也都會有這樣的事件，但它往往會以微不足道的形態呈現，連事件都稱不上，所以大家常就此錯過而渾然未覺。

——那幕光景如下。

某天，舉辦夏日慶典的一群人從我家大門魚貫而入。

祖母攏絡了工匠，一來為行動不便的自己，二來為我這個孫子，刻意讓鎮上的慶典遊行隊伍行經我家門前的道路。原本這裡不是慶典的遊行路線，但在工匠頭子的安排下，遊行隊伍每年都會刻意繞一小段路從我家門前通過，這已成了慣例。

我和家裡的人們一同站在門前。蔓草紋圖案的鐵門往兩旁敞開，前方的石板地已灑過水，顯得分外乾淨。大鼓的聲響低沉，緩緩靠近。

歌詞緩緩浮現傳來的木遣歌[16]悲傷曲調，穿透慶典雜亂無序的喧鬧聲，向人宣告這外表看似吵鬧、但堪稱是真正主題的東西到來。感覺像在向人傳達，那是人類與永恆之間極為低俗的交合，或是唯有透過虔誠的亂倫才能成就的交合，是一種悲哀。緊緊糾纏、難以解開的聲音集團，不知不覺間已能憑耳朵區分出擔任前導的錫杖金屬聲、低沉渾濁的隆隆鼓聲、神轎扛轎者紛亂的吆喝聲。我的心跳得好急，令我喘不過氣來，連站立都有困難（從那時候起，熱切的期待已不是歡悅，而是痛苦）。手持錫杖的神官戴著狐狸面具。這神祕的野獸一雙金色大眼，像要勾人魂魄般靜靜看著我，從我面前走過，我不禁緊抓身旁家人的下襬，感覺自己正擺好架勢，打算看準機會，從眼前隊伍帶給我的這股近乎恐懼的歡悅中逃脫。從這時候起，我面對人生的態度便是如此。對於讓我過度期待的事物、以事前的幻想過度修飾的事物，最後我都只能選擇逃離。

接著，雜役們扛著上頭綁有注連繩的香油箱走過，孩子們抬的神轎也以輕佻姿態，又蹦又跳地從前面經過，接著前來的是由黑色與金黃色構成、無比莊嚴的大神轎。大老遠就能看到轎頂的鳳凰，宛如四處飄蕩於波間的水鳥般，隨著喧譁聲耀眼地擺動著，帶給我們一種光華亮麗的不安感。唯有神轎四周像熱帶的空氣般，處在令人難受的無風狀態，凝聚不散。那是帶有惡意的怠惰，看起來就像在年輕人裸露的肩頭上熱切地搖動著。紅白雙色的粗繩、黑漆加上金色的欄干，而在緊閉的泥金門內，是四尺平方大、一片漆黑的幽暗。在萬里無雲的初夏正午，上下左右不斷擺動跳躍的正方形空洞暗夜公然駕臨此地。

神轎來到我們面前。那些青年穿著同樣的浴衣，幾乎都露出身上的肌膚，以彷彿神轎喝醉般的動作遊行。他們的步履錯亂，感覺似乎完全沒看地面。手持大圓扇的年輕人發出高分

16 多人搬運沉重的木材或石材，或是拉祭典山車時，會同聲哼唱的俗謠。

貝的叫喊聲，繞著這群人打轉，不斷吆喝激勵；神轎有時顫巍巍地傾斜。接著又傳來一聲狂熱的吆喝，將它重新立起。

這時，我家裡的大人們可能是從這群看似和往常一樣遊行的扛轎青年身上，感覺出某個力量想大顯身手的意志，抓緊我的那隻手突然將我往後推。有人大喊「危險」。接著我不知道發生了何事，由人牽著跑過前庭，從屋內玄關衝進家中。

我和某人一同奔上二樓。來到陽臺，屏息望向剛才衝進前庭的黑色神轎。

事後我一直在思考，究竟是什麼力量激起他們這樣的衝動呢？我百思不解。那數十名年輕人有計畫地想要衝進我家門內，他們怎麼會想出這種點子呢？

家中的植樹皆被徹底踐踏。這是真正的祭典。我早已看膩的前庭成了另一個不同樣貌的世界。神轎走遍前庭的每個角落，灌木被踩得發出斷裂聲。我連發生什麼事都搞不清楚。聲音相互中和，彷彿就此凍結的沉默，與無意義的隆隆聲，感覺就像交錯而來。就連顏色也一樣，金、紅、紫、綠、黃、藍、白，全都躍動湧現，有時是金色，有時是紅色，感覺像是支配全體的一種顏色。

但唯一鮮明、讓我感到既驚訝又難過，內心莫名充塞著痛苦的，是那浮現在神轎扛轎者們臉上無比放蕩、露骨的陶醉神情……

二

這一年多來，我得到奇怪玩具所產生的孩子的煩惱，一直困擾著我。我已十三歲了。那個玩具常動不動就體積變大，向人暗示著，只要使用得對，它會是個樂趣無窮的玩具。但到處都沒寫它的使用方法，所以當玩具開始主動想跟我玩時，我自然不知所措。這種屈辱和焦躁有時甚至益發強烈，令人想傷害它，但最後我只能屈服在這向我透露甜美的祕密、霸道的玩具之下，什麼也不做，就只是望著它的變化。

於是，我打算更虛心地去傾聽玩具想去的地方。當我這麼想而凝望它時，這才發現玩具已具有固定的嗜好，亦有一套脈絡。這系列的嗜好加在幼年時的記憶裡，便會和夏日海灘上看到的裸體青年、在神宮外苑的泳池見過的游泳選手、與表姊結婚的那名膚色略黑的青年、眾多冒險小說裡勇敢的主角等產生連結。過去我一直將這些系列與其他充滿詩意的系列搞混。

這玩具果然也會對死亡、鮮血、結實的肉體感興趣而抬頭。男僕有一本講談雜誌[17]，我偷偷向他借來看，雜誌封面畫有血淋淋的決鬥場面、年輕武士切腹的圖片、中彈的士兵緊咬牙，緊抓著軍服前胸，鮮血從指縫間流淌的圖片、相當於小結[18]的位階，沒有太多肥肉，肌肉緊實的力士照片……看到這些圖片後，玩具馬上好奇地抬頭。如果用「好奇」這個形容詞不太妥當，也可以改成「愛」或「慾望」。

隨著對這些事的了解，我的快感也逐漸有意識且有計畫地展開行動。甚至展開選擇和整理。要是覺得講談雜誌的封面畫構圖有不足之處，我就先用色筆臨摹，再充分地修正。那是馬戲團青年胸口中了槍傷、跪倒在地，以及走鋼索特技師跌落後摔破頭蓋骨、半邊臉都是血、倒臥地上等圖片；不過，我連在學校也很害怕收在家中書櫃抽屜裡的那些殘暴圖片會被發現，因而無法專心聽課。基於我的玩具對它們的喜愛，我實在無法畫完之後就匆匆撕毀。

就這樣，我那霸道的玩具別說首要目的了，就連次要目的（亦即為了「惡習」）也沒達成，就這樣虛擲光陰。

我身邊發生各種環境的變化。我們一家人搬離我出生的老家，分兩邊住進位於某市街、相距不到五十公尺的兩棟房子，一邊住我和祖父母，一邊住我父母和弟妹，分成兩個家庭。不久，父親奉國家之命，遠赴國外，在歐洲諸國遊歷一趟後返回家中。不久，我父母一家再度搬遷。雖然這時候才下定決心略嫌晚了點，但父親終於趁此機會，決定將我帶回家中照顧，所以在經歷了我與祖母的那場父親命名為「新派悲劇」的離別場面後，我也一同搬往父親的新遷居處。那裡與祖母家之間隔了許多國營鐵路和市營電車的車站，祖母日夜抱著我的照片暗自飲泣，並和我訂立每週要回來過夜的約定，如果我沒履行約定，她便馬上發病。十三歲的我有位對我深情不移的六十歲愛人。

不久，父親留下我們一家人，獨自前往大阪任職。

某天，我趁著有點感冒而請假在家之便，將幾本父親從國外買回的畫集搬進房裡，細細閱讀。尤其是義大利各都市的美術館導覽介紹，上頭的希臘雕刻照片令我深感著迷。眾多名畫中只有裸體畫的黑白照片符合我的喜好，可能只是出自「看起來很寫實」這單純的理由。

像我此刻拿在手上的這類畫集，是我第一次見識到。因為我那吝嗇的父親不喜歡孩子碰，他怕弄髒，所以都藏在櫥櫃深處（有一半是因為怕我會被名畫上的裸女所迷惑，不過，他真是錯看我了！）而且我對它們並未抱持像我對講談雜誌封面畫那樣的期待——我將所剩

---

17 一九一五年創刊的大眾文學雜誌。
18 相撲的位階。排在橫綱、大關、關脇之後。

不多的頁面往左翻，結果角落裡出現一張圖片，就像是早已等在那裡，專為我而存在。

那是珍藏在熱那亞紅宮（Palazzo Rosso）的圭多・雷尼（Guido Reni）的《聖塞巴斯提安》（San Sebastiano）。

以提香[19]畫風的憂鬱森林和黃昏天空的微暗遠景為底，略微斜傾的黑色樹幹是他的刑架，一名俊美絕倫的青年裸身被綁在樹幹上，他雙手交叉高舉，束縛他雙手手腕的繩索緊連著樹幹。此外，沒看到繩結，而遮掩青年裸體的就只有鬆垮地纏在他腰際的白色粗布。

連我也看得出那應該是殉教圖，但這位文藝復興末流的耽美折衷派畫家所畫的聖塞巴斯提安殉教圖，倒是透著濃濃的異教風格。因為這副足以媲美安提諾烏斯[20]的肉體，完全沒有在其他聖者身上會看到的傳教辛勞或衰老的痕跡，就只看得到青春、光芒、美麗、逸樂。

那無與倫比的白淨裸體擺在黃昏的背景前，顯得光輝耀眼。他擔任近身侍衛，慣於張弓揮劍的結實臂膀，以不顯勉強的角度高高抬起，在他的頭髮正上方，手腕交叉受縛；他的臉微微上仰，那凝望上天榮耀的雙眼安詳而圓睜。挺出的胸膛、緊縮的腹部、微微扭身的腰際，飄散出的不是痛苦，而是某種像音樂般慵懶的逸樂在飄蕩。要不是他左腋和右邊側腹有深深射入體內的箭，他看起來就像一名羅馬的競場鬥士在向晚時分倚著庭院的樹木，讓疲憊的身軀得以休息。

箭深深嵌入他緊實、芳香、青春的肉體內，以無比的痛苦和歡喜的烈焰從體內燒灼他的肉體。但沒畫出流血的畫面，也沒像其他聖塞巴斯提安圖那樣畫出全身插滿箭矢的畫面，就只有兩支箭，宛如落在石階上的樹枝陰影般，在他那大理石般的肌膚上投下箭矢平靜秀麗的影子。

重要的是，前面提到的判斷和觀察都是之後的事。

在看到那幅畫的剎那，我整個人的存在完全受到某種宛如異教般的歡喜所撼動；我熱血奔騰、器官盈滿憤怒之色；我身上那巨大、幾欲爆裂開來的部位，過去一直熱切等候我去使用它、責怪我的無知，正忿忿不平地喘息著。不知不覺間我的手開始做起從來沒人教過我的動作。我感覺到體內有個黑暗的耀眼之物，正快步往上直衝而來。思緒甫一至此，頓時伴隨著一股天旋地轉的陶醉感爆發開來。

——稍頃，我環視我所面向的桌子四周，慘不忍睹。窗外的楓樹樹影清楚地落在我的墨水瓶、教科書、字典、畫集上的照片、筆記本上。白濁的飛沫灑在教科書的燙金書名、墨水

19 Titian，義大利畫家。

20 Antinous，羅馬皇帝哈德良的情人，是由帝國內挑選出的美少年。

瓶的提把處、字典的邊角上。它們有的慵懶地往下滴落，有的則是像死魚眼般發出黯淡的微光……所幸那本畫集被我迅速伸手擋下，倖免於難。

這就是我的第一次*ejaculatio*[21]，也是第一次笨手笨腳、突發性的「惡習」。

（馬格努．黑費爾德[22]舉「聖塞巴斯提安圖」為倒錯者[23]特別喜愛的繪畫雕塑類當中的第一名；就我的情況來說，這樣的偶然很耐人尋味。這正好很適合讓人推測，倒錯者，尤其是天生的倒錯者，其倒錯的衝動與虐待性的衝動，往往錯綜複雜，難以區分。

聖塞巴斯提安生於三世紀中葉，之後成為羅馬軍的近身侍衛長，因殉教而結束他三十多歲的短暫生命。他在西元二八八年過世，是戴克里先皇帝統治的時代。這位歷經艱苦後才出人頭地的皇帝，以其獨特的溫和主義受人民愛戴，但副帝馬克西米安討厭基督教，將遵從基督教和平主義、排斥徵兵的非洲青年馬克西米利列納斯處死。百夫長馬賽拉斯遭處死，也是出自同樣的宗教堅持。在這樣的歷史背景下，聖塞巴斯提安的殉教是可以理解的。

近身侍衛長聖塞巴斯提安悄悄投入基督教，安慰獄中的基督徒，在他促成市長及其他人改變宗教的行動曝光後，戴克里先宣判他死刑。他身中數箭，被棄置一旁，一名虔誠的寡婦前來埋葬他屍體時，發現他身體還保有溫熱。加以照料後，他竟然就此復活。但他旋即再度起身反抗皇帝，口出冒瀆他們神明的不敬之語，這次改遭亂棒打死。

這個傳說的復活主題無他，正是對「奇蹟」的需要。怎樣的肉體能在身中數箭後復活呢？

為了更深入明白我那強烈的感官歡愉究竟是怎麼一回事，我在多年後寫了一篇尚未完成的散文詩，特列於此。

聖塞巴斯提安《散文詩》

某日，我從教室窗口望見一株不算高的樹，隨風搖曳。我望著它，突然心頭一陣澎湃。這株樹美得驚人。它在草地上構築出微帶渾圓的正三角，像燭臺般左右對稱的眾多樹枝，支撐著沉重的綠葉；在這片翠綠下，是如黑檀木臺座般陰暗、難以撼動的樹幹。極盡完美、細

---

21 拉丁語的射精。

22 Magnus Hirschfeld, 1868-1935，德國的性學家，也是當時的同性戀組織領袖。

23 因本能或感情異常，或是德行異常，而做出反社會秩序之行為者。

緻，而且不失「自然」的優雅、灑脫氣質，樹就像是自己的創造者一樣，老練、沉默地靜靜佇立。那確實是一部作品，而且可能是音樂作品。德國音樂家為室內樂所寫的作品。它堪稱聖樂，像掛牆上的綴錦圖案般莊嚴、親近，宛如沉靜的宗教音樂。

因此類似樹的形態與音樂的東西對我而言具有某種含意，當兩者結合、形成更深遠的含意而向我襲來時，這種難以言喻的絕妙感動——至少確定不是抒情的感動——就算說它是和宗教與音樂往來時才會出現的陰暗陶醉感，也不足為奇。「會不會就是這棵樹？」——我突然在心中問自己。

「年輕的聖者反手受縛，像雨後的水滴般朝樹幹淌落大量神聖之血的是哪棵樹呢？受臨終前的痛苦燒炙的年輕肉體（那恐怕是地上所有快樂與煩惱的最後證據）激烈地朝樹幹磨蹭、掙扎扭曲，那棵羅馬的樹呢？」

根據殉教史的傳聞，在戴克里先登基後的數年間，他夢想著能像鳥兒飛翔不受阻擋、擁有無上權力時，兼具像海般無情叛逆眼神，以及讓人聯想起受哈德良皇帝寵愛之東方奴隸的柔韌身軀的年輕近身侍衛長，因信奉禁神而遭問罪逮捕。他俊美又高傲。市街上的女孩們每天早上都會在他的頭盔上插一朵白百合。在結束劇烈的練兵休息時，他優雅地低下頭，讓人順著他充滿男子氣概的長髮插上百合花，那柔美之姿宛如白天鵝的頸項。

沒人知道他出生何處，來自何方。但人們都有預感，這名擁有奴隸的身軀和王子面容的青年來到這裡，最後終究會再離去。明白這位恩狄米翁[24]是位牧羊人，他終究會被選中，到一座比任何牧場的牧草都還要濃綠的牧場擔任牧羊人。

有幾名女孩深信他是來自大海。因為從他胸膛聽到大海澎湃的浪潮聲。他的眼瞳深處有著一條永不消失的水平線，那是大海對出生海邊，而又非得離開大海的人所賜的神祕紀念。他的呼氣像盛夏的海風般火熱，可以聞到浪潮打上岸的海草氣味。

塞巴斯提安——年輕的近身侍衛長——他呈現的美難道不是被殺的美？由羅馬血淋淋的鮮肉甘甜以及撼人筋骨的美酒香醇所培育五感的強健女人們，老早便看出他自己尚未察覺的悲慘命運，所以才會如此珍愛他吧。再過不久，他的肉體被撕裂時，鮮血會看準縫隙，想從他白皙的肉體內迸射而出，用更勝平時的勇猛勁道飛快地迴繞全身。那熱血強烈的渴求，女人們怎麼可能沒聽到呢？

他並非薄命。絕非薄命。他是個孤傲的不祥之人，甚至可說是光彩奪目。

就算在享受甜美的接吻時，或許也多次有雖生猶死的痛苦從他眉宇間掠過。

---

24 Endymion，月之女神所愛的俊美牧童。

他自己也隱約預見，在未來等著他的，除了殉教，別無其他。他與凡夫俗子的區隔就只有這種悲慘命運的象徵。

——那天清晨，塞巴斯提安受繁忙的軍務所迫，黎明即起。他在拂曉時分做了個夢——象徵不祥的鵲鳥聚向他的胸前，振翅覆住他的嘴——這個夢一直縈繞不去。但他每天晚上寢臥的簡陋床鋪都會將他引往那大海的夢境，散發出打向岸上的海草氣味。他站在窗邊，一面穿著發出碰撞聲響的盔甲，一面望著瑪查魯星座[25]落向那圍繞遠方神殿的森林上空。當他望向那異端的壯闊神殿，眉宇間浮現出最適合他的、近乎痛苦的鄙夷之色。他頌念唯一真神的聖名，低吟出兩、三句驚人的聖語。接著就像會將細微的聲音擴大成好幾萬倍傳回的回音般，從神殿的方位、那區隔星空的一長排圓柱附近，傳來響若洪鐘的呻吟。那是響徹星空、像某個堆積物崩毀般的異樣聲響。他面露微笑，低下頭，望向那一如平時、在破曉時分拿著仍沉睡未醒的百合花，為了晨禱而悄悄前來他住處的一群女孩……）

初二那年的深冬，不論是長褲、彼此直呼名字的習慣（小學時，老師命我們稱呼彼此時要在後面加上「同學」。另外，就算是盛夏，也不能穿露膝蓋的襪子。開始穿長褲後，覺得開心的第一件事，就是再也不必用勒得死緊的吊襪帶纏住大腿）、藐視老師的好風氣、在福利社互相請客、在學校森林裡亂跑的叢林遊戲，還是宿舍生活，我們都已習慣。不過對我來說，宿舍生活很陌生。因為初中一、二年級的宿舍生活幾乎是強制參加，而對我百般呵護的父母以我體弱多病為由，讓我免除在外。最大的理由其實是擔心我會學壞。

通勤上學的學生不多。在初二的最後一學期，有個人加入我們這個小團體中。他是近江。他因為行徑粗暴而被趕出宿舍。我之前未特別注意過他，直到他被逐出宿舍、烙上「品行不良」這個明確的烙印，我便很難再將目光從他身上移開。

「呵呵。」一位身材肥胖、好脾氣的朋友，臉上泛著酒窩朝我走來。這時的他一定有什麼小道消息。「有件很有趣的傳聞哦。」

我離開蒸氣電暖器旁。

我和這位好脾氣的朋友一起來到走廊上，來到窗邊，這裡能俯視曝露在強風吹襲下的射箭場。這裡通常是我們密談的場所。

「近江他啊……」——朋友難以啟齒地羞紅了臉。這名少年在小五時每當大家聊到那檔

---

25 *Mazzaroth*，舊約時代的星座名稱。

子事，他總會馬上出言否定，而且講得頭頭是道。「那種事絕對是騙人的，我最清楚了。」此外，他聽說朋友的父親中風後，還向我提出忠告，說中風是傳染病，最好別跟那位朋友走得太近。

「近江他幹了啥？」——在家裡我仍舊使用客氣的用語，但一到學校，說起話可就粗魯多了。

「聽說近江那小子『有那方面經驗』，這是真的呢。」

這倒是不無可能。他應該已經留級過兩、三次，骨架粗壯，臉部輪廓帶有一股我們所沒有、像特權般的年輕光采。他那無來由的高傲個性，就是比人強。在他眼中，沒有什麼是不能藐視的。高材生就因為是高材生，老師就因為是老師，巡警就因為是巡警，大學生就因為是大學生，上班族就因為是上班族，而得受他藐視、嘲笑，無可奈何。

「哦～」

不知道為何，我馬上想起近江在保養軍訓課使用步槍時俐落的身手，以及他特別受軍訓老師與體操老師疼愛和禮遇、那帥氣的小隊長風範。

「所以呢……所以呢……」——朋友發出只有初中生才懂的猥瑣竊笑。「聽說他的那話兒特別大。下次玩『低級遊戲』時，你不妨摸摸看。到時你就懂了。」

——「低級遊戲」是這所學校初中一、二年級生之間盛行的傳統遊戲，看起來就像真的在玩遊戲，但不像遊戲，反倒更像是一種病。在光天化日、眾目睽睽之下公然為之。要是有人心不在焉地站著，就會有另一人倏然從旁靠近窺探，看準機會下手。要是順利一把抓住，勝利者便會逃往遠處，然後大聲嚷嚷著：

「好大呀，A的那傢伙可真夠大的。」

不管促成這種遊戲的衝動是來自何處，見到被害人將原本夾在腋下的教科書之類的東西全棄之不顧，用雙手護住要害，那模樣實在滑稽，感覺這遊戲就像是為了讓人看到這一幕而存在。但嚴格來說，他們藉由嘲笑而看出自己被解放開來的羞恥，並站在可以高聲大笑的立場，嘲笑被害人羞紅的臉頰所顯現的共同羞恥，以獲得滿足。

被害人就像是事先說好了般大聲叫道：

「啊，B，你真低級。」

這時，周遭眾人也會齊聲附和。

「啊，B，你真低級。」

——近江是這遊戲的箇中高手。他通常會展開迅捷如電的攻擊，一擊得手，甚至令人覺得大家是不是都默默等著接受他的攻擊？不過，他也多次遭受被害人的報復，但沒人能復仇成功。近江走路時總是手插口袋，一有伏兵靠近，便會用口袋裡的手、配合外頭的手，築起雙重護甲。

朋友的提議在我心中培育了某個宛如毒草般的念頭。之前我也和其他朋友一樣，懷著天真無邪的心參與這項低級遊戲。但朋友的那番話，令我將自己在無意識中嚴格加以分辨的那項「惡習」（我獨自一人的生活），與這項遊戲（我的共通生活）全擺在一個難以避開的關聯上。而他說的「你不妨摸摸看」這句話，立刻將其他天真的朋友所無法理解的特殊含意灌入我腦中，由不得我說不。

從那之後，我便不再參與「低級遊戲」。我害怕自己襲擊近江的那一瞬間，更怕近江襲擊我的那一刻。只要一察覺遊戲即將展開（事實上，這項遊戲就像暴動或叛亂一樣，在毫無預警的情況下發生），我便避開大家，站在遠處緊盯著近江的身影，目不轉睛。

……儘管如此，近江所帶來的影響，早在我們尚未意識到之前就已經開始。

例如襪子。當時軍式教育已侵蝕我們學校，威名遠播的江木將軍留下的「樸實剛直」遺訓，又被重新炒熱，禁止穿戴花俏的圍巾或襪子。校方規定，不准圍圍巾，襯衫得是白色、襪子得是黑色，至少也得是素色。唯獨近江總是穿戴白色絲綢圍巾和圖案花俏的襪子。

這項禁令的頭號違抗者，擁有神奇的手法，能將他的惡行轉化為叛逆的美名。他透過親身體驗，看穿少年們對叛逆這項美學是多麼無力抗拒。在與他熟稔的軍訓老師（這名鄉下的下士簡直活像近江的小弟）面前，他故意將白色的絲綢圍巾圍在脖子上，像拿破崙一樣，將帶有金鈕釦的外套衣領左右敞開。

但愚民們的叛逆，往往不過是小家子氣的模仿。如果可以，希望能避開它所造成的危險，只從中品嘗叛逆的美味，於是我們從近江的叛逆中，只抄襲他穿花俏襪子的作法。我也不例外。

一早到學校後，在上課前喧鬧的教室裡，我們不是坐在椅子上，而是坐在桌上閒聊。換穿新圖案的襪子來上學的早晨，總會帥氣地拈起長褲的褲線，坐向桌上。這時馬上會博得同學們的讚嘆。

「啊，好刺眼的襪子！」

——我們不知道有什麼讚美辭可以勝過「刺眼」。不過每當這時候，說的一方和被說的一方，都會想起唯有排隊時才會出現的近江那高傲的眼神。

某個雪停放晴的早晨，我起了個大早到學校去。因為朋友打電話來說明天一早要打雪仗。我的個性是只要對明天抱持期待，當晚便無法入眠，所以隔天起了個大早，也不管是幾點，就逕自出門上學去了。

下了一場連鞋子都快陷入雪地中的大雪。在太陽尚未完全升起時，眼前的景色並未因白雪而變美，反而顯得陰鬱，活像是掩飾街景傷口的骯髒繃帶。給人市街之美就在於傷口之美的感覺。

電車逐漸靠近學校前的車站，我從乘客不多的省線電車車窗望見太陽從工廠街後方升起。這幕風景充滿喜色。顯得很晦氣的一排煙囪和單調起伏的昏暗屋頂，躲在旭日照耀下，在這片雪景假面發出的狂笑背後暗自顫抖。這場雪景的假面具往往會演出革命或暴動的悲劇事件。在雪的映照下顯得蒼白的行人，臉色讓人聯想到挑夫。

我在學校前的車站下車時，見到車站旁的貨運公司屋頂雪已經開始融了，傳來雪水滴落的聲音，就像紛紛落下的亮光。亮光陸續發出叫喊，投身在水泥地上那層鞋子帶來的泥巴所塗成的假泥濘上，墜地而死。一道亮光則是投錯了方向，落入我的脖子裡……

校門內還沒有人走過的痕跡，更衣室也上著鎖。

我打開二年級一樓教室的窗戶，望著森林的雪景。從學校後門到這座校舍，有條順著森林斜坡而上的小路。雪地上留下大腳印，順著那條小路一路來到窗戶底下。腳印在窗戶前折返，消失在左斜方那棟科學教室後面。

已經有人到了。那人肯定是從後門來到這兒，往教室的窗戶裡窺望，見沒人來，就獨自走到科學教室後方。上學走後門的學生少之又少。近江就是其中之一，聽說他是從女人家來這裡上學的。不過，他應該是只有排隊時才會現身。除此之外，我猜不出還會有誰，而且腳印這麼大，我覺得肯定是他。

我從窗口探出身子，定睛望向那腳印底下剛露出的黑土。那是堅定、充滿力道的腳印。一股難以言喻的力量引我走向那腳印，直想就此倒栽蔥墜落、一臉埋進那腳印裡。但我遲鈍的運動神經一如往常發揮了保身功用，所以我將書包擱在桌上，慢慢爬上窗框。制服胸口處的鉤扣壓向石造的窗框，磨擦我柔弱的肋骨，帶給我疼痛，同時摻雜一種悲哀的快意。當我爬過窗戶、躍向雪地時，那微微的痛楚舒暢地揪緊我的胸口，一股戰慄的危險情緒盈滿我心。我悄悄將自己的鞋套抵向那個腳印。

那看起來很大的腳印幾乎和我的一樣大。我忘了這腳印的主人應該也穿著當時我們正流行的防水鞋套；就近一看，便覺得那不是近江的腳印。話雖如此，順著腳印往前走，或許會令我目前的期待落空，但這份不安的期待同樣深深吸引著我。在這種情況下，近江不過是我心中期待的一部分，對於那比我早一步來到學校、在雪地上留下腳印的人，他侵犯了這未知的結果，使我產生一股復仇的憧憬——深深攫獲我心。

我氣喘吁吁地順著腳印追去。

就像在石頭間跳躍前進般，有的腳印在黝黑發亮的泥土上，有的在枯草上，有的在骯髒變硬的雪地上、有的在石板地上，我順著腳印而行。不知不覺間我發現自己和近江一樣，邁開大步走著。

走過科學教室後方的遮蔭處，我來到廣闊的操場前高臺。三百公尺長的橢圓形跑道，以及它所包圍的起伏場地，全被光輝耀眼的白雪覆蓋。在運動場內的一隅有兩棵緊緊相依的巨大櫸樹，它們形成修長的暗影，為雪景增添了某種偉大而又非侵犯不可的爽朗謬誤。巨樹在冬日蔚藍的晴空、地面白雪的映照，以及側面朝陽的照射下，帶著塑膠般細緻緊密地聳立，不時有如沙金般的白雪從乾枯的樹梢或樹幹的分岔處掉落。操場前方一排又一排的學生宿舍，及其相連的雜樹林似乎仍在沉睡，一動也不動，安靜得似乎連極細微的聲音也會產生回音般。

對於眼前耀眼的景象，一瞬間我什麼也看不見。這片雪景可說是全新的廢墟。唯有古代廢墟才可能有這種漫無邊際的萬丈金光。此刻我造訪這處冒牌的失落之地，在這座廢墟的一隅、約五公尺寬的跑道積雪上，寫著巨大的文字。最靠近我的那個大圓是英文字母O。而它前方是M，再過去是一個大大橫躺的I字。

是近江。我一路跟蹤的腳印，它先來到了O，再從O走到M，從M來到I一半的位置後停步——我看到了近江，他低著頭，臉埋進白色圍巾中，雙手插在外套口袋裡，鞋套在雪地上拖行。他的影子與場地上的櫸樹樹影平行，旁若無人地在雪地上伸延。

我臉頰發熱，以手套握好雪球。

雪球拋了過去，沒打到他。不過，寫完I字的近江若無其事地望向我。

「喂～」

雖然擔心近江只會面露不悅，但我還是在莫名的熱情催促下朝他叫喚，奔下高臺的陡坡。沒想到傳來他充滿力量的親切叫喊聲。

「喂～別踩到我的字啊。」

今天早上的他確實感覺不同以往。他就算回家也絕不寫作業，課本一律放在置物櫃裡，向來都是雙手插在外套口袋裡到學校，俐落地脫去外套後，一直撐到最後一刻才排在隊伍最後面。但今天早上他非但一大早就獨自在這裡消磨時間，還一反平時把我當小孩子看、對我不屑一顧的態度，以他獨特的親切而粗魯的笑臉相迎！我是多麼期待他這樣的笑臉，以及那充滿年輕氣息的一口皓齒啊。

然而，隨著他的笑臉步步接近、愈看愈清楚後，我忘卻剛才大聲叫喚「喂～」的熱情，轉為坐立不安的畏縮並封閉內心。理解妨礙了我。他的笑臉或許是要掩飾自己「被你看清我了」的弱點；這並非傷害了我，而是傷了我長期以來對他所描繪的形象。

在我看到他寫在雪地上的巨大名字ＯＭＩ[26]的剎那，我恐怕已在無意識間了解他內心的孤獨，連帶了解他為何一大清早到學校來，與他自己都不甚了解的真正動機——倘若我的偶像此刻在我面前放下身段，為此解釋道「我是為了打雪仗才提早來的」，那麼，比起他喪失的驕傲，我心中喪失的東西更為重要。我得主動開口才行，感到焦躁不已。

「看來，今天打不成雪仗了。」我終於擠出這句話來。「還以為雪會下得更大。」

「嗯。」

他露出掃興的神情。結實的臉頰線條再度變得剛硬，那傷人的藐視態度也重現。他努力想把我當成小孩看待，露出憎恨的眼神。關於他在雪地上寫字的事，我一句話也沒問，他對此心存感謝。他極力想抗拒這份感謝的痛苦深深吸引了我。

「哼，你怎麼像小孩子一樣戴這種手套？」

「大人也會戴毛線手套啊。」

「真可憐，你應該是不懂戴皮手套有多舒服吧。喏。」

他冷不防將雪水溼透的皮手套抵向我臉頰，我往後躲開，臉頰上燃起鮮明的肉慾感，像烙印般久久不散。我感覺到自己正睜著無比清澈的雙眼凝視著他。

——從這時起，我愛上了近江。

如果允許我用粗俗的說法，這可說是我有生以來第一次的愛。而且是清楚明白與肉慾緊緊相繫的愛。

我迫不及待夏天的到來，就算是初夏也好，期望這個季節能賜給我欣賞他裸體的機會。其實我心裡深處還懷有一個更見不得人的渴望；就是想看他那個「大傢伙」的渴望。

26 近江的日文發音為OUMI。

兩個手套在我記憶的電話中混了線。我覺得，這個皮手套和接下來我要說的儀式中用的白手套，其中一個是真實的記憶，另一個則是虛假的記憶。他粗獷的容貌，或許戴皮手套比較適合。然而，正因為他長相粗獷，或許戴白手套才合適。

粗獷的容貌——話雖如此，不過是一張很普遍的青年臉蛋混雜在眾多少年之中所造成的印象罷了。儘管他骨架粗壯，但光就身高而論，還是與我們當中個子最高的學生差了一大截。而我們學校那硬邦邦的制服與海軍士官軍服很相似，以少年們尚未完全長成的身材穿起來不合身，唯獨近江擁有能撐起制服的重量感和肌肉感。隔著藏青色的嗶嘰布制服可以看出他肩膀和胸膛的肌肉，而懷著嫉妒又愛慕的眼神注視他的人，應該不只有我。

他臉上始終帶著陰沉的優越感。那應該是受愈多傷、燃燒得愈熾烈的內心展現。留級、退學……感覺這些悲慘的命運，似乎是他受挫的一種意欲象徵。什麼意欲？我隱約想像得出，那是他「罪惡」的靈魂所促成的意欲。而這廣大的陰謀，肯定連他自己都不大清楚。

他那微黑的圓臉臉頰有著倨傲的高聳顴骨，而形狀好看、肉厚、不會太過高挺的鼻子底下，有著像是用線漂亮縫出的嘴唇及結實的下巴，從中感覺得出他全身充盈的鮮血在流動著。眼前是一個野蠻靈魂的外衣。有誰會對他的「內在」抱持期待呢？對他能期待的，就只有我們遺忘在遙遠過去、那個不為人知的完美模型。

有時他會心血來潮，偷窺我正在看的超齡的深奧書籍。我通常都會露出不置可否的微笑，把書藏起來。我並非害羞，而是因為我會展開各種預測，猜他會對書感興趣，然後顯露出自己的笨拙，討厭起自己無意識的完美，這些會令我難受。這漁夫遺忘自己的故鄉愛奧尼亞[27]，這令我不忍。

不論是上課時，還是在操場上，我都一直想看到他的身影，也就此樹立他完美無缺的幻影。記憶中他的影像找不出一絲缺點，也是這個原因。在這種小說風格的敘述中所不可或缺地列舉人物特徵、可愛的小癖好，或是讓人物變得更加活潑生動的幾個缺點，但從我記憶裡的近江身上完全找不到。不過，我從近江身上找出許多其他特色。那是存在於他身上的無限多樣性及微妙的差異性，例如對生命的完美定義、他的眉毛、他的額頭、他的眼睛、他的鼻子、他的耳朵、他的臉頰、他的顴骨、他的嘴唇、他的下巴、他的脖子、他的咽喉、他臉上的血色、他的膚色、他的力量、他的胸部、他的手，以及其他無數的東西。

根據這些來進行淘汰，我建構了一項嗜好的體系。我之所以不想去愛有智慧的人，是他的緣故。我不會被戴眼鏡的同性所吸引，是他的緣故。我之所以開始愛上力量以及鮮血四溢

27 Ionia，是古希臘時代對現今土耳其安納托利亞西南海岸地區的稱呼。

的意象、無知與粗魯的手勢、粗野的話語、絲毫不受理智侵蝕的肉體所具有的原始憂鬱，都是他的緣故。

——然而，對我而言，這種不合理的嗜好打從一開始就不合邏輯。可能再也找不到像肉體衝動這般合乎邏輯的事物了。開始透過理智來相互理解後，我的慾望頓時萎縮。就連被對方看出的些許理智，也逼迫我做出理性的判斷。在愛的相互作用下，向對方提出的要求應該也會直接轉為對自身的要求，所以我希求對方無知的心，就算只是暫時性，也會要求我要徹底地「違抗理性」。不管怎樣，這都沒有可能。因此雖然我一直小心提防，不和那些沒被理智侵犯的肉體擁有者，亦即無賴、船夫、士兵、漁夫等人有言語交談，卻還是以強烈的冷淡，站在遠處仔細端詳著他們。或許唯有語言不通的熱帶蠻荒之地，才是我有辦法居住的國家。對蠻荒之地那宛如滾燙沸水的酷夏所懷有的憧憬，似乎早在我還年幼時便已存在心中。

說到白手套。

我的學校每到有儀式的日子，依照慣例要戴白手套上學。貝殼鈕釦在手腕處散發陰沉的光芒，白手套的手背處縫著暝想般的三條線，只要戴上它，就令人想起舉行儀式時禮堂內的昏暗、離去時領到的鹽瀨[28]餐盒，以及一天都過了一半，才能發出開朗的聲音。明明天氣晴朗，卻死氣沉沉地舉行儀式之日，這都是它給人的印象。

某個冬天的節日，好像是紀元節[29]。那天早上，近江也難得一早便來到學校。

離排隊時間還有一段空檔，從校舍旁的浪木趕走一年級的學生，是二年級學生殘酷的嗜好。明明對浪木這種孩子氣的遊戲嗤之以鼻，卻又對這種遊戲存有依戀的二年級生，藉由硬把一年級生趕跑，在玩這個遊戲時便可擺出不是真心想玩，而且是半帶嘲弄的模樣。一年級生遠遠地圍成一個圓，望著二年級生那多少帶點炫耀意識的粗暴比賽，即讓彼此從適度擺盪的浪木上跌落。

近江就像是被逼入絕境的刺客般，擺出這樣的架勢：雙腳穩穩踩在浪木中央，不斷注意敵人的動靜。沒有和他同屆的學生能與之匹敵。已有好幾人躍上浪木後，被他迅捷如電的手給掃落地面，將朝陽照射下閃閃生輝的霜柱踩碎。每次近江都像拳擊手般，雙手的白手套在額前互握，展現討喜的姿態。一年級生連自己被他趕跑的事也忘了，齊聲喝采。

28 奈良的知名包子老店。
29 日本舊制的四大節日之一。相傳是神武天皇登基之日，為現今的日本建國紀念日。

我的視線緊追著他的白手套跑。它強悍，且出奇準確地行動，宛如野狼這類年輕野獸的前腳掌；他的手不時會像箭矢般劃過冬日清晨的空氣，擊中敵人的側腹。而有的被擊落的對手會腰部直接撞向霜柱。在擊落敵人的瞬間，近江為了重新找回身體重心，站在有冰霜容易打滑的浪木上，有時也會露出極力掙扎的模樣。但仗著強韌的腰力，總能再次讓他恢復原本刺客般的架勢。

浪木面無表情，以規律的波動左右擺盪。

……看著看著，突然一股不安朝我襲來。那是令人坐立難安、無法解釋的不安。像是浪木的搖動所帶來的暈眩，但其實不然。或許是精神上的暈眩，擔心我內心的均衡會因望著他危險的一舉一動而崩毀的不安。在這樣的暈眩下，還有兩股力量在互別苗頭。一是自衛的力量，一是想要讓我內心均衡瓦解的更深、更重的力量。後者是人們常在無意識下委身於它、微妙而又隱祕的自殺衝動。

「怎麼啦。全是一群膽小鬼。沒人敢上來挑戰嗎？」

近江在浪木上微微朝左右搖晃身體，戴著白手套的雙手扠在腰間。帽子上的鍍金徽章在朝陽下閃閃生輝。我從沒見過這麼美麗的他。

「我來！」

我因不斷攀升的內心悸動，而準確預測我將說出這句話的瞬間。我敗在自己慾望下的瞬間，向來都是如此。我將會往前走，站在他面前，感覺這不是我無可避免的行動，而是原本就預定好的行動。所以日後我有時會誤把自己視為「意志堅定的人」。

「省省力氣吧，你鐵定輸的啦。」

在眾人的嘲笑聲下，我從另一端躍上浪木。站上浪木時，我差點腳滑，眾人又是一陣鼓噪。

近江以滑稽的表情面對我。他極力搞笑，模仿我做出腳滑的動作，並且甩動他戴著手套的手指，百般嘲弄我。看在我眼裡，那猶如是會刺向我的危險刀尖。

我們兩人的白手套，多次互拍。每次我都被他的掌力給震得重心不穩。他可能是想盡情玩弄我，看得出他故意不使全力，為了不讓我太早落敗。

「啊，好險，你實在太強了，我快輸了，我就快掉下去了……你看。」

他又吐出舌頭，做出一副快要跌落的樣子。

看到他那搞笑的神情，感覺他在不知不覺間破壞自己的美，這令我感到說不出的難受。在他的步步推逼下，我低頭望向地面。他看準這破綻，右手朝我掃來。為了不讓自己跌落，我右手反射性地抓住他右手手指。我鮮明感覺到，他套在白手套裡的手指被我緊緊握住。

就在那一剎那，我與他四目交接。真的就只有一剎那。他臉上的搞笑表情消失，滿溢著近乎詭異的率真表情。一股分不清是敵意還是憎恨、純潔無瑕的激烈之物正彈響著弓弦。或許是我自己想多了。那也許是他手指被我拉扯，就此失去身體平衡的瞬間，毫不掩飾流露出的空虛表情。但隨著我們兩人十指交纏，傳出那閃電般的力量顫動，從我注視他的那瞬間的視線中，我直覺近江已經看出──這世上我只愛他一人。

我們兩人幾乎同時從浪木上跌落。

我被扶了起來。扶我的人是近江。他動作粗魯地一把拉起我的手臂，什麼也沒說，替我拂去衣服上的泥土。我的手肘和手套上都沾滿像冰霜般閃亮的泥土。

我像在責怪般抬頭望向他。因為他拉著我的手往前走。

我們這所學校從小學時代起，只要同樣是這批同屆的學生，勾手搭肩是很理所當然的親暱行為。一聽到整隊的哨聲吹響，大家就都這個模樣趕往集合場。近江和我一起從浪木上跌落的事，看在他眼裡，不過是一個玩膩了的遊戲最後結局，就連我和他勾著手一起走，應該也不是什麼特別顯眼的畫面。

但靠著他的臂膀走，我心中無限歡喜。由於天生體質孱弱，我對所有喜悅都帶有不祥的預感，但是他手臂傳來的強韌、緊迫的感覺，從我的手臂傳向全身。我好想能一路走到世界的盡頭。

然而，來到集合場後，他冷冷地鬆開我的手，排向自己的隊伍裡。再也沒轉頭看我一眼。在舉行儀式的過程中，我多次來回打量自己白手套上的泥巴髒汙，以及和我隔著四個人之遙的近江，他白手套上的泥巴髒汙。

——對這樣的近江產生莫名的傾慕之心，我未對此展開有意識的批判，甚至是道德的批判。只要有意識地集中在這一個點上去思考，就不會有我的存在。如果有不會持續進行的戀愛存在，那應該就是像我這樣。我總是用「最初的一瞥」來看近江，也能說是「世界之始的一瞥」。我無意識下的作為，與它產生了關聯，想保護我十五歲的純潔不受侵蝕作用影響。

這就是戀愛嗎？乍看之下保有單純的形態、之後會經歷多次反覆的這種戀愛，也具有獨特的墮落和頹廢。那是比世間一般愛的墮落更為邪惡的墮落，而與世上所有的頹廢相比，頹廢的純潔也是最為惡質的頹廢。

然而，在我對近江的單戀、我人生中最早邂逅的這場戀愛中，我確實就像隻將天真無邪的肉慾藏匿在羽翼下的小鳥。而今我迷惘的其實不是想獲得的慾望，而是純粹的「誘惑」。

至少在學校期間，尤其是在無趣的課堂上，我的目光始終無法離開他。對於當時還不懂愛是索求、同時也會被索求的我來說，又能做些什麼呢。對我而言，愛不過是互問微不足道的謎題，而始終無法得到解答。我甚至不曾想過，像這種仰慕之心能以何種形式得到回報。

所以我明明沒感染什麼嚴重的感冒，卻還是請假，正好那天是三年級生第一次的春季體檢日，一直到隔天到學校後，我才發現此事。體檢當天請假的幾人前往醫務室受檢，我也跟著去了。

瓦斯暖爐在照進屋內的陽光下，燃起若有似無的藍色火焰。滿是消毒藥水的氣味。平時總擠滿裸體少年的體檢，那宛如牛奶的甘甜熱氣般散發獨特淡粉紅色的氣味，此時完全聞不到。我們幾人感到一陣寒意，不發一語地脫去襯衫。

一名和我一樣常感冒的清瘦少年站上了磅秤。望著他長滿汗毛、瘦弱蒼白的背部，突然喚起我的記憶，想起我一直渴望著能目睹近江裸體的模樣。我竟然這麼愚蠢，沒想到體檢就是個圓夢的絕佳機會。如今這個機會已經錯過，只能漫無目標地等下次機會了。

我臉色蒼白。我的裸體冒出發白的雞皮疙瘩，感受到一種近似寒意的懊悔。我露出空洞的眼神，摩娑著自己纖瘦上臂的難看牛痘痘疤。叫到我的名字了。那磅秤看起來活像是宣告我行刑時刻到來的絞刑臺。

「三九・五！」

當過醫護兵的助手，向校醫報出我的體重。

「三九・五。」校醫一面在病歷上記錄，一面自言自語道「好歹也要有四十公斤才行啊」。

每次體檢我都被迫得接受這種屈辱。但今天我之所以略微感到鬆了口氣，是因近江沒在身旁，看不到我的屈辱，我對此感到心安。在這短暫的瞬間，我的心安成長為喜悅……

「好了，下一位！」

助手冷冷地推我的肩膀，而我並未以平時那反感、微帶怒意的眼神回瞪他。

然而，我這場最初的戀情會以怎樣的形式宣告束呢？雖然未來仍看不清，但我也並非完全無法預知。或許這預知的不安正是我快樂的核心。

在初夏的某一天，一個仿如特別安排好來當作夏天範本的日子，也可說是為夏天的舞臺做演練的一天。為了在真正的夏天到來時可以萬無一失，夏天的先驅會挑個日子前來檢查人們的衣櫃，而人們在這天穿上夏天的襯衫出門，就證明已通過這項檢查。

儘管如此炎熱，我還是染上感冒，支氣管發炎。為了體操時間可以在一旁「見習」（也就是不必參加體操，只在一看觀看），我和腹瀉的朋友一起到醫務室領取診斷書。

在返回體操場那棟建築的路上，我們兩人盡可能牛步而行。只要說我們是去醫務室，就會是個正當的遲到藉口，而且只能在一旁看的體操時間無聊至極，真希望這時間能縮短一些。

「真熱呢。」

——我脫去制服上衣。

「你這樣沒關係嗎？你不是感冒嗎？這樣他們會要你下去做體操。」

我急忙又穿上上衣。

「我是肚子的毛病，所以沒關係。」

那位朋友像在炫耀般脫去上衣。

來到這裡一看，體操場的牆上釘子掛著學生們脫下的夾克以及白襯衫。我們一班約三十人，全聚在體操場後方的單槓四周。以陰暗的雨天體操場為前景，那戶外的沙坑和四周滿是草皮的單槓附近，明亮得猶如著火般。我因自己體弱多病而深感自卑，像在鬧脾氣似的邊咳嗽邊朝單槓走去。

瘦弱的體操老師連正眼也不看一下，便從我手中接過診斷書。

「好了，來做引體向上吧。近江，你來示範。」

——聽到朋友們竊竊私語地說到近江的名字。在練習體操時，他常躲得不見人影。雖然不清楚他在做什麼，但此刻他慢條斯理地從葉片閃動亮光的綠樹後方現身。

我一見到他，馬上心頭小鹿亂撞。他脫去白襯衫，只穿著一件雪白的無袖運動背心。他微黑的皮膚襯托出襯衫的純白，顯得潔淨無比。那是彷彿連站在遠處都能聞到的白色。清楚的胸膛輪廓和兩顆乳頭，浮雕在這座石膏上。

「引體向上是嗎？」

他以冷淡但充滿自信的口吻詢問老師。

「嗯，沒錯。」

近江以那些擁有傲人體格者常展現的傲慢慵懶態度，緩緩朝沙子上伸長手。他以下方微溼的沙子塗滿手掌，接著站起身，雙掌粗魯地摩擦著，望向頭頂的單槓。他的眼神出現瀆神者的決心，落在他眼中的五月浮雲和藍天，暗藏在他目空一切的冷峻中。他縱身一躍，緊接著，那很適合紋上船錨圖案的雙臂將他的身軀吊在單槓上。

「哇。」

同學間揚起一陣讚嘆，每個人都明白，那不是對他力氣所發出的讚嘆，而是對年輕、對生命力、對優越所發出的讚嘆。他完全裸露的腋窩可以看到茂密的腋毛，令眾人大感驚奇。那裡長了這麼多毛，幾乎可說是多得超出需要，就像過多而惱人的夏天雜草，這些都是少年們第一次見識。宛如夏日的雜草覆滿庭院還不滿足，甚至一路往上長到石階上，它們長滿近江那深深鏤刻出的腋窩，一路長到胸部的兩側。這兩塊黝黑的草叢，在日光的照耀下閃著黑光，周圍的皮膚好像白色沙地般，顯得特別白皙。

他的上臂肌肉結實地鼓起，他肩膀的肌肉猶如夏雲般隆起，腋窩的草叢被收進暗影中，消失不見，胸膛高高挺起，與單槓摩擦，發出微妙的戰慄。他就這樣反覆做著引體向上。

生命力，那過剩的生命力令少年們為之折服。存在於生命中的過度感受、充滿暴力性，只能解釋成是為了生命本身；漫無目的的感受，這種充斥著令人不舒服的冷淡，令他們為之震懾。一個生命在近江不知不覺中悄悄潛入他體內、占領了他、穿破他的身體、滿溢而出，頻頻想要凌駕在他之上。就這一點來說，生命與疾病有點雷同。他被狂野的生命侵蝕的肉體，不怕傳染，就只是為了瘋狂的獻身，而置身於這世上。看在害怕傳染的人們眼中，他的肉體應該就像是一種責難——少年們畏縮地向後退卻。

我也和他們一樣，但又有點不同。對我而言（這件事足以令我臉紅），在看到他那無與倫比的肉體瞬間，我便會*erectio*[30]。雖然穿的是春季長褲，但我還是擔心會被看出。就算沒有這層不安，這時占據我內心的也不全然是純潔的歡悅。我想看的或許就是這個吧，但我看到後所帶來的衝擊，反而發掘出意想不到的另一種情感。

那是嫉妒——

好像完成某種崇高的工作，我聽見近江身體落向沙地的聲響。我閉上眼，搖搖頭。我告訴自己我並不愛近江。

那是嫉妒。無比強烈的嫉妒，足以令我為此主動放棄對近江的愛。

從那時候起，在我心中萌生出斯巴達式訓練法的自我要求，它可能也和這件事有關聯吧（寫這本書，已是這個要求的一種展現）。拜我幼年時的體弱多病以及家人的溺愛之賜，我成了一個連好好抬頭看人都不敢的孩子，而從那時起，我建立了「我非得變強不可」的原

30 拉丁語的勃起。

則。為了這個目的，我在搭車往返學校的電車上，緊盯著每個乘客看，不管對方是什麼人，以此自我訓練。大部分的乘客被一名瘦弱蒼白的少年盯著看，並不會感到害怕，只會覺得不堪其擾，轉過頭去。很少有人會回瞪我。每當對方把頭轉開，我便當是自己贏了。於是我逐漸可以直視他人。

——我一直以為自己已放棄了愛，姑且忘了自己的愛。此事乍看很愚蠢。我忘了*erectio*，這個再清楚不過的愛的證明。其實長期以來，我都是在無自覺的情況下勃起，獨處時，它所促成的「惡習」，長期以來也都是在無自覺的情況下進行。關於性，我雖已擁有不輸一般人的知識，但當時還不會為這當中的差別感到苦惱。

話雖如此，我並不相信自己超越常規的慾望算是正常且正統的念頭，也不會誤以為有哪位朋友和我擁有相同的慾望。而令人驚訝的是，我沉迷於浪漫的故事中，宛如一名不明世事的少女，將所有風雅的夢想全寄託在男女的情愛或結婚上。我將自己對近江的愛丟進自暴自棄的謎樣垃圾中，也不去細究其含意。現在我就算想寫「愛」或「情」，也完全感受不到。我作夢也沒想到，這樣的慾望和我的「人生」竟有如此重大的關聯。

然而，直覺要求我要孤獨。它以一種莫名異樣的不安（前面也提過，我在幼年時就已對成為大人深感不安）形態呈現。我的成長總是伴隨著極度不安。個頭不斷長高，每年都得將褲腳加長，所以一開始在訂作時，都得事先預留一大截內折縫好。在那個時代，就像每戶人家都會做的那樣，我以鉛筆在家裡的屋柱標上自己的身高記號。都是在起居室裡、當著家人面前這麼做，每次長高，家人就會調侃我，或是替我高興。我則是會硬擠出笑臉。然而，想像自己擁有大人的身高，不禁給我一種預感，彷彿會有某個可怕的危機朝我逼近。我對未來的茫然不安，既加強我脫離現實的夢想能力，又促成我逃往那個夢想中的「惡習」。我的不安正承認了這點。

「你一定活不到二十歲。」

朋友見我如此孱弱而嘲笑我。

「你這話也太毒了吧。」

我因苦笑而臉部緊繃，從這句預言中得到一種莫名甜美而感傷的沉溺感。

「來打賭吧？」

「這麼一來，我不就只能賭自己會活嗎？」我回答道。「如果你要賭我死的話。」

「說得也是，真令人同情。你是鐵定會輸的。」

那位朋友帶著很像少年會有的殘酷，再次說道。

不是只有我一個人這樣，而是同年級的學生都這樣，我們的腋窩還沒有像近江那樣茂密的腋毛。只有像嫩芽般，略有徵兆罷了。過去我未曾特別注意那個部位，而我將其變成我的固定觀念，顯然是受近江的影響。

洗澡時，我會在鏡前佇立良久。看著鏡子冷冷映照出的裸體，我猶如一隻自以為長大後就能變天鵝的鴨子。這與那英雄式的童話故事主題恰巧相反。我期待日後自己的肩膀、胸膛都能像近江一樣，望著鏡中一點都不像的纖瘦肩膀和單薄的胸膛，硬是想從中看出這樣的期待，心中卻仍懷有如履薄冰的不安。說是不安，更像是一種自虐般的篤信，「我絕對不可能和近江一樣」這種像神諭般的篤信。

在元祿時期的浮世繪裡，往往將相愛中男女的容貌畫得極為相似。希臘雕刻對於一般理想的美，其男女都極為相似。其中是否存有一種愛的奧祕呢？在愛的深處是否也存有一股不可能成真的渴望暗流，想和對方長得分毫不差呢？這股渴望驅策著人們，想從極度不可能轉化為可能、引導人們走向那悲劇的背離；換言之，相愛的兩人既然無法變成完全相似，那還不如努力讓彼此毫不相似，人們是否存有這樣的心態來迎合此種背離現象呢？然而，可悲的是，相似最終還是以瞬間的幻影結束，因為戀愛的少女變得果敢、戀愛的少年變得內向，但他們仍想變得相似，總有一天會穿透彼此的存在，飛向遠方──已沒對象的遠方。

為此，那令我說服自己放棄愛情的強烈嫉妒，比照上述的奧祕，仍算是愛。對於我的腋窩，我還是愛著那緩慢、低調、逐漸萌芽、成長，逐漸轉黑的「與近江相似之物」。

暑假到來。對我而言，這是引頸期盼、但又不知如何應對的休息時間，明明滿懷憧憬卻又坐立不安的宴會。

自從罹患輕微的幼兒結核後，醫生便禁止我暴露在強烈的紫外線下。嚴禁我在海邊的直射陽光下曝曬超過三十分鐘。每次只要我違反這項禁令，馬上就會得到發燒的報應。不能參加學校游泳練習的我，至今仍是個旱鴨子。日後在我心裡執拗地生長、動不動就會令我心旌動搖的「大海的誘惑」，與這件事擺在一起思考後發現，我不會游泳這件事具有暗示性。

話雖如此，當時的我尚未與難以抗拒的大海誘惑邂逅，夏季與我完全不對盤，但又有股莫名的憧憬在搧動著我，為了不想無聊地度過夏天，我和母親、弟妹在A海岸共度夏日時光。

……我猛然回神才發現，獨自被留在一塊巨岩上。

剛才和弟妹順著岩岸在岩縫中找尋小魚，因而來到這座巨岩邊。這裡的獵物沒有想像中來得多，所以我年幼的弟妹開始不耐煩。這時，女傭前來接我們前往母親所在的沙灘傘旁，我一臉不悅地拒絕同行，於是她只帶著弟妹離去。

夏日午後的陽光像不間斷地朝海面賞巴掌般，整座海灣是一個巨大的暈眩。出現在海上的夏日白雲，那雄偉、悲戚，宛如預言家般的身影，有一半沉浸在海中，默默佇立。白雲如雪花石膏般蒼白。

說到人影，只看到從沙灘出航的兩、三艘帆船、小船，以及數艘漁船，像在游蕩般漂浮於外海上，除了船上的水手，別無人影。細緻的沉默位於萬物之上。海上的微風彷彿要告訴我什麼吊人胃口的祕密，猶如活潑的昆蟲般，鼓著無形的翅膀傳向我耳畔。這一帶的岩岸都是由往海面傾斜的平順岩石所構成，形狀像我現在坐的這塊巨岩般險峻的，只有兩、三個。

浪潮起初是以不安的膨脹綠色形體，從外海順著海面滑行而來。而朝大海挺出的低矮岩石群，雖然像在求救的白手般，高高濺起飛沫、與海浪對抗，但看起來又像沉浸在那深深的充盈感中，夢想著脫離緊縛、隨浪漂浮。但膨脹物旋即拋下它，以同樣的速度滑向岸邊；接著，某個東西在這綠色的母衣[31]裡清醒，站起身。波潮隨之揚起，在大浪打向岸邊時，大海的巨斧直劈而下，赤裸裸地在眾人面前展現它無比鋒利的斧刃側面。這藏青色的斷頭臺激起白色的血花，往下斬落，緊接著，在緊追破碎的波頭而掉落的瞬間，波浪的後背映照出臨終之人眼中所見的至純藍天，映照出不存在於人世間的藍——受盡侵蝕的平坦岩地好不容易才從海中露面，在受波浪襲擊的短暫時刻會藏身在白色的泡沫中，但餘浪退卻時，顯得金光燦爛。我從巨岩上看到，在那耀眼金光下，寄居蟹步履踉蹌，螃蟹則是靜靜蟄伏不動。

孤獨感很快便與我對近江的回想混雜。就像這樣，近江的生命中所充斥的孤獨、生命束縛著他所產生的孤獨，以及我對這一切的憧憬，使我開始想效法他的孤獨，藉由模仿他的作法，來享受外表變得與近江略微相似的孤獨，以及面對眼前汪洋大海的這種空虛的孤獨。我應該是一人分飾我和近江這兩個角色，為此，我多少都必須得從中看出我和他的共通點；這麼一來，近江自己在無意識下所擁抱的孤獨，我就能代替他來展現，彷彿他的孤獨充滿快樂似的。而看到近江後，我所感受到的快感，很快也會變成近江自己所感受的快感。我應該能達到這樣的幻想才對。

自從被聖塞巴斯提安那幅畫附身後，每次只要我脫去衣服，便會不經意地舉起雙手、在

31 是日本古代騎士用的一種布幔護具，背在背後，對於弓箭有一定的防禦效果。

頭上交叉，這已成了習慣。我的肉體瘦弱，完全看不出像塞巴斯提安的豐腴。現在我還是會不經意地這麼做。這時，我會望向自己的腋窩，然後湧現一股難以理解的情慾。

——隨著夏天的來臨，黑色的草叢開始在我的腋窩萌芽，雖然遠不及江近那般茂密，但這是我和他的共通點。近江明顯存在於這股情慾中，但不可否認，我的情慾投射對象是我自己。當時令我鼻孔搔癢的海風、毒辣地照向我赤裸肩膀和胸膛的灼熱夏日，以及放眼望去空無一人的景象，這驅策我在藍天之下做出第一次的「惡習」。我選擇自己的腋窩當對象。

……一股奇妙的悲戚令我全身戰慄。孤獨像太陽般燒炙著我。藏青色的毛褲不舒服地貼在我肚子上。我緩緩走下巨岩，把腳浸入海中。餘浪讓我的腳看起來像死掉的貝殼般蒼白，在搖曳的波光下，海中嵌有貝殼的石板清晰可見。我朝水中跪下。當時破碎的波浪發出粗野的咆哮直逼而來，打在我的胸口上，浪花幾欲將我完全包覆，我任憑它擺布。

——當波浪退卻時，我的汙濁已被洗淨。隨著退去的波浪，我那無數的精蟲與浪中的眾多微生物、海藻的種子、魚卵等生命，一同被捲入激起泡沫的大海中，帶往遠方。

當秋天到來，新學期展開，近江已不在了。退學處分的公告貼在布告欄上。

接著就像竊位的君主死後，不再忌憚的人民一樣，同學們開始聊起他的壞話。「借他十圓還沒要回來呢」、「他曾經笑著把我的國外進口鋼筆搶走」、「他曾經勒我脖子」……彷彿他對每個人都做過這類的壞事，但唯獨我對他的惡行一無所悉。嫉妒幾欲令我發狂，但我的絕望因為他被退學的理由沒有定論，得到了些許的安慰。每個學校都有消息靈通的學生，但就連他們也無法查出一個可以令眾人都不再懷疑的退學理由。當然了，老師就只是笑著說「因為做了壞事」。

只有我對他所做的壞事帶有一種神祕的確定。他肯定是參加了一個連他自己也不是很清楚的大陰謀。他那「壞」的靈魂所促成的幹勁，正是他的生存意義，也是他的命運。至少我是這麼認為。

……就這樣，這個「壞」的含意在我心中起了變化。它促成的大陰謀、擁有複雜組織的祕密結社、有條不紊的地下戰術，勢必是為了某個不為人知的神明。他侍奉那位神明、試著想讓人們改變信仰，因而被密告，暗中遭人殺害。他在某個黃昏時分被剝光衣服，帶往雜樹林。在那裡，他雙手高舉，被綁在樹上，第一支箭貫穿他側腹，第二支箭貫穿他腋窩。

我持續思索。這麼一想後發現，他為了做引體向上而緊握單槓的模樣，最適合讓我聯想到聖塞巴斯提安。

中學四年級時，我罹患貧血症，臉色益發蒼白，手呈現草綠色。多爬一點樓梯後，我非得蹲下來休息半晌不可，因為有道如白霧般的龍捲風朝我後腦直貫而下、鑿出洞來，讓我幾近昏厥。

家人帶我去看醫生。醫生診斷說是貧血症。他是與我家熟識、挺幽默的醫生，所以家人問他貧血症是怎樣的疾病，他回答說，那就邊看參考書邊說明吧。我結束看診，待在醫生身旁。家人與醫生相對而坐。我看得到醫生朗讀的那本書的內容，我家人則看不到。

「呃……接下來是病因。也就是疾病的原因。大多是因為『十二指腸蟲』（鉤蟲）。少爺可能是因為這個，還需做糞便檢驗。再來是『萎黃病』，這種情況不多，而且是女人的疾病……」

醫生跳過一個病因往下念，接著含糊地咕噥了幾句後合上書本。但我清楚看見他跳過的那個病因。上頭寫著「自慰」。我感覺到自己因羞恥而心跳加快。醫生全看穿了。

醫生開了注射針砷劑的處方。這種毒的造血功能一個多月便治好了我。

但又有誰會知道，我的貧血與我對血的渴求有一種異常的關聯。

天生的血液不足，將夢想流血的衝動深植我心，但這股衝動令我失去更多的血，使得我對血益發渴求。這種耗損自身、沉浸於夢想中的生活，鍛鍊了我的想像力。雖然當時我對薩德侯爵[32]的作品還一無所悉，但我從《你往何處去？》[33]裡頭古羅馬競技場的描寫中得到感動，以自己的方式建立起殺人劇場的構想。在那裡，年輕的羅馬鬥士就只是為了取悅於人，而獻上自己的性命。死亡必須充滿鮮血，而且得舉行儀式。我對所有形式的死刑和刑具感興趣。因為拷問道具和絞刑臺不見血，我將其排除在外，還有像手槍、步槍這種使用火藥的凶器我也不喜歡。我盡可能選擇原始且野蠻的武器，像弓箭、短刀、長槍這一類。為了讓痛苦能持續久一點，我鎖定腹部。犧牲就得發出長久、悲戚、淒慘的吶喊，讓人感受到一種難以言喻的存在所具有的孤獨。而我生命的歡喜會從深處燃起烈焰，最後發出吶喊、回應這聲吶喊。這不就是古代人狩獵時的歡愉嗎？

希臘的士兵、阿拉伯的白人奴隸、蠻族的王子、飯店的電梯服務員、男服務生、流氓、

32 Marquis de Sade, 1740-1814，是寫出一系列色情和哲學書籍的法國貴族，尤其以他所描寫的色情幻想和他的社會醜聞而出名。

33 *Quo Vadis?*，為波蘭作家顯克維支（Henryk Sienkiewicz）的歷史小說。

士官、馬戲團的年輕人等，都慘遭我幻想的凶器殺戮。我不懂愛的方法，所以誤殺了自己所愛的人，就像蠻族的掠奪者那樣。他們倒在地上仍不住抽搐，我朝他們的嘴唇獻上一吻。在某種暗示下，我發明了一種刑具，那是將刑架固定在軌道的一端，另一端則是將數十把短刀裝設在人偶、立於厚板上，順著軌道滑行逼近。有一座死刑工廠，一座把人貫穿的轉盤終日運轉，血汁加入甜味做成罐頭販售。眾多犧牲者被反手綁在一起，送進我這名中學生腦中的競技場。

刺激愈來愈強烈，來到人類所能達到的最為罪惡之幻想境界，而這幻想下的犧牲者便是我的同學，泳技高超、擁有過人體格的少年。

那裡是地下室。正在舉行祕密宴會，純白桌布上典雅的燭臺閃閃生輝，銀製的刀叉分列於盤子兩旁。一旁插著不可或缺的康乃馨。不過，奇怪的是餐桌中央留了一大片空白。肯定是待會兒要端來一個很大的盤子。

「還沒好嗎？」

一名與會者問我。他臉部陰暗，看不清楚，但聲音聽來像是位莊嚴的老者。我才注意到與會者個個臉部都是陰影，看不清長相。每個人都在燈光下伸出白色的手以閃著銀光的刀叉用餐。室內飄盪著不斷悄聲交談，或自言自語般的低語聲。除了不時會發出椅子的嘎吱聲外，沒有其他聲響；一場死氣沉沉的宴會。

「我猜就快好了。」

我如此應道，得到的卻是陰沉的沉默，看來眾人對我的回答很不滿。

「我去看一下好了。」

我站起身打開廚房門。廚房角落有個通往樓上的石階。

「還沒好嗎？」

我向廚師問道。

「就快好了。」

廚師也不悅地切著像菜葉的東西，低著頭回答我。約有兩張榻榻米大的厚板調理臺上空空如也。

從石階上傳來笑聲。我定睛一看，是另一名廚師抓著我同學那結實的少年手臂，走了下來。少年穿著普通的長褲和前胸敞開的藏青色POLO衫。

「啊，是B啊。」

我不經意地說。他走下石階後，雙手插在口袋裡，朝我露出頑皮的微笑。這時，廚師突然從後面飛撲而來，勒住少年的脖子。少年極力抵抗。

「……這是柔道的手法嗎？……是柔道的手法對吧……叫什麼來著？……對了……勒住脖子……其實不會死……只是暫時昏厥而已……」

我一面想，一面看著那令人不忍卒睹的搏鬥。少年在廚師粗壯的手臂下突然癱軟地垂下頭。廚師若無其事地抱起他擺在調理臺上。這時，另一名廚師也靠了過來，以熟練的手法脫去少年的POLO衫，拆下手錶、脫下長褲，將他脫了個精光。全裸的少年仰躺在地，微微張著嘴。我朝他的嘴唇留下長長一吻。

「要仰躺好，還是俯臥好？」

廚師問。

「仰躺比較好。」

我回答，這樣才能看到他那宛如琥珀色盾牌的胸膛。另一名廚師從層架上取來一個和人一樣大的西式盤子。那是個奇怪的盤子，兩邊的外緣各有五個小孔，合計共有十個。

「嗨咻。」

兩名廚師合力讓那名昏厥的少年躺向那只盤子上。廚師愉快地吹起口哨，從兩側以細繩穿過盤子的小孔，將少年緊緊綑牢。那飛快的動作展現出他們的熟練，接著以大片生菜漂亮地擺放在裸體的四周，還在盤子附上特大的鐵製刀叉。

「嗨咻。」

兩名廚師扛起盤子，我替他們打開餐廳門。充滿善意的沉默迎接我的到來。盤子擺在餐桌上燈光照耀的潔白耀眼空白處。我回到自己座位，從大盤子旁拿起特大號的刀叉。

「該從哪兒下手好呢？」

沒人回答，感覺到有許多張臉湊向盤子邊。

「這裡比較好切吧。」

我將叉子插向心臟。一陣血水直接噴了我滿臉。我開始以右手的刀子緩緩切下薄薄的胸部肉片……

儘管貧血治好了，我的惡習卻益發嚴重。在上幾何課時，我望著老師當中最年輕的幾何老師A的臉，百看不厭。聽說他曾經擔任游泳老師，擁有海邊的太陽曬成的黝黑臉龐和漁夫般的粗獷嗓音。由於現在是冬天，我一隻手插在長褲口袋裡，另一隻手則是將黑板上的字抄寫在筆記本上。不久，我的眼睛離開筆記本，無意識地追循起A的身影。A以年輕的聲音反覆解說幾何難題，在講臺來回上下。

感官的苦惱已侵入我生活坐息中。不知何時，年輕老師化成海克力斯的裸體雕像，出現在我眼前。當他移動左手的板擦、伸長右手拿粉筆寫下方程式時，我從他背後的衣服皺褶裡看到「拉弓的海克力斯」[34]的肌肉條紋。最後我終於在上課時犯下了惡習。

——我茫然垂首，在下課時間來到操場。這時，我的愛人（同樣是我自己單戀，而且是留級生）走過來問我：

「你昨天去片倉家上香對吧，情況如何？」

片倉是前天剛舉行過喪禮、死於肺結核的善良少年。聽一位朋友說，遺容和他生前一點都不像，簡直就像惡魔，於是我等到他燒成骨灰後，這才前去上香。

「就這樣啊，畢竟都成骨灰了。」我冷冷應道，但這時我突然想起討好他的一句傳話。「啊，片倉的母親要我代為跟你說聲好。還說，今後她可寂寞了，希望你有空常去走走。」

「去你的。」——我被一股突如其來、帶有一絲溫情的力量撞向胸口，嚇了一跳。我這位愛人的臉頰因少年的羞赧而滿臉通紅。由於他把我當同類看待，我看到他的眼神因陌生的親切而閃耀著光輝。「去你的。」他又說了一次。「你這傢伙可真壞。竟然露出這種別有含意的笑臉。」

——我愣了半晌。接著配合眼前的情況，回以一笑，但足足有三十秒的時間，我都搞不清楚狀況。後來終於懂了。因為片倉的母親仍是個年輕貌美、身材苗條的寡婦。

比起這件事，更令我沮喪的是我的遲鈍並非來自於無知，而是他與我所關心的事明顯有很大的差異。我所感覺到的距離感，令人掃興，這理所當然是能預見的，而我卻這麼晚才發現，讓我大吃一驚且深感懊惱。我完全沒想到片倉母親託我轉告的這番話他會有什麼反應，只是下意識地轉告他，想藉此討好他。我那幼稚的醜態就像孩子哭過後仍留有淚痕的醜陋模樣，令我感到絕望。我反問自己幾百萬遍：為什麼不能一直維持現在這個樣子？如今我連問這個問題都覺得厭倦。我膩了，在保有純潔的情況下墮落沉淪。隨著我個人所抱持的心態不同（多麼保守啊！）我也能從這種狀態中跳脫。此刻我所感到厭膩、倦怠的，明顯只是人生的一部分，但當時我還不懂這個道理，就像我相信自己所厭膩的是夢想，而不是人生一樣。

我收到催促，要我從人生中出發。從我的人生出發嗎？就算不是我的人生，必須往前邁出沉重步伐、出發的時刻終究來臨了。

34 法國雕刻家安托萬・布德爾（Antoine Bourdelle）的知名雕刻作品。

三

人們常說，人生就像一座舞臺。但像我這樣，從少年時期末期便一直拘泥於「人生就像一座舞臺」意識的人，應該不多見。那已是一種確定的意識，但它與純真、經驗淺薄混雜在一起，所以我雖然懷疑人們不會像我一樣往人生出發，心中卻也有七成認定每個人都像這樣展開人生。我樂天地相信，只要演好這齣戲，它終究會落幕。我早死的假設與它息息相關。但日後，我這樂天主義（或許說是夢想更貼切）遭受到毫不留情的報復。

為了謹慎起見，我得補充一句，我想說的並不是「自我意識」的問題。這單純只是性慾的問題，目前我還不想提到其他事。

話說回來，劣等生的存在，雖是因為先天的素質所造就，但我為了和大家一樣升級，採取了苟且的手段；也就是說，我連內容也沒搞懂，就在考試時偷偷將朋友的答案抄在考卷上，然後若無其事地交卷。這種比作弊更沒智慧、更厚顏無恥的方法，有時能獲取表面上的成功。他升級了。以低一個年級所學會的知識為前提，到學校上課，但只有他完全聽不懂。課是聽了，但聽得一頭霧水。於是他只有兩條路能走。一是留級，二是拚命不懂裝懂。至於該走哪條路，那要由他的懦弱和勇氣的質來決定，而非量。不管走哪條路，都需要等量的勇氣和懦弱，而不管選哪條路，也都需要對怠惰存有一種詩意般的永久渴望。

某日在學校的圍牆外，一群人邊走邊喧譁，談論某位不在場的同學好像愛上巴士的女車掌，我也加入了他們的談話。後來旋即轉為很普遍的論點，那就是——巴士的女車掌到底哪裡好？我刻意以冷淡的口吻，豁出去地說：

「應該是制服的關係吧。他應該是喜歡那種貼身的穿著。」

當然了，我完全不會從女車掌身上感受到這種肉體的魅力。在我們這個年紀，喜歡擺出風流小生的模樣，對任何事都愛採取成人般的冷淡看法，在這種愛炫耀的心態推波助瀾下，我這樣的類推（純粹只是類推）促成我說出這樣的話。

結果引來了超乎預期的反應。這群人在校表現良好，也很有禮貌規矩，算是中規中矩的學生，他們異口同聲道：

「真教人吃驚。你還真不簡單呢。」

「如果不是經驗豐富，沒辦法說得這麼一針見血。」

「你真可怕。」

遇上如此天真無邪、無比感佩的評論，我覺得自己似乎藥下得太猛。就算是說同樣的事，也有比較平實、不會太刺耳的說法，或許這樣會讓我顯得比較有深度。於是我自省，認為說話該有所節制才對。

十五、六歲的少年在操控這種與年紀不相稱的意識時容易陷入的錯誤，就是認為唯有自己的意志遠比其他少年還要堅定，所以有能耐操控意識。其實不然。那不過是我的不安和不確定比誰都還要早一步要求限制自己的意識。我的意識只是個錯亂的道具，而我的操控不過是充滿不確定性、胡亂猜測的目測評估。依據史蒂芬・茨威格（Stefan Zweig）的定義，「像惡魔般的事物是從所有人的心中產生，跨越自我、跑出自己體外，驅策人們走向無限的不安定（Unruhe）」。那是「宛如自然從過去的混沌中保存某個不該去除的不安定部分，留在我們的靈魂裡」，而那不安定的部分帶來壓迫，「想要還原成超越常人、超越感覺的要素」。意識只具有單純解說的效用，人們不需要意識，這也是合情合理。

我明明沒從女車掌身上感受到絲毫肉體的魅力，卻在單純的類推和斟酌下，故意說出那番話，讓朋友們大為吃驚、羞赧得臉紅，而且在青春期敏感的聯想力下，甚至從我的話語中隱隱感受到肉體的刺激。看他們流露這樣的眼神，當然激起了我的邪惡優越感。但我的心並未就此止步。這次換我自己被騙了，優越感以偏頗的方式清醒。經由以下的途徑，一部分的優越感化為自戀、化為自認走在其他人前頭的陶醉，而當陶醉的這部分比其他部分提早醒來時，儘管其他部分尚未清醒，但在以為一切都已清醒的意識下，算計出差錯，所以「我走在其他人前頭」的陶醉，修正成「不，我也是和大家一樣的普通人」的謙虛態度。由於這是算計錯誤所造成，因此我以「當然是這樣，在每一方面我都和大家一樣」來敷衍（尚未清醒的部分讓這種敷衍變為可能，並支持著它），最終引導出「每個人都是如此」的狂妄結論。而那只是錯亂道具的意識，這時發揮強大的影響力……就這樣完成了我的自我暗示。這種自我暗示，不理性、愚蠢、虛假、連自己都發現那明顯是欺瞞的自我暗示，從這時至少占去我生活中百分之九十的空間。我想再也沒有比我對附身現象更無從抵抗的人了。

看過我上面的描述，大家應該能明白，我之所以能對巴士女車掌說出那番略帶情色的話語，其實只是出自很單純的理由，而我卻始終沒發覺那點——那真的是很單純的理由，即我對女性並不具備其他少年所具有的羞恥心。

為了避免有人抨擊我，說這不過是用現在的思考去分析當時的我罷了，所以我將當時自己所寫的一篇文章抄錄在此。

「……陵太郎毫不猶豫地加入一群陌生的朋友中。他深信，只要自己的舉止能快活些或表現出那番模樣，便能壓抑無來由的憂鬱和倦怠。信仰的最佳要素——盲目相信，讓他置於一種白熱化的靜止中。儘管參與無聊的玩笑和嬉鬧，他還是不斷思考……『我現在既不鬱悶也不無聊』。他稱此為『忘卻煩憂』。

自己這樣是否算是幸福，是否算是開朗？周遭的人們始終都對這樣的疑問感到苦惱。誠如疑問即是事實一樣，這正是幸福應當有的方式。

只是陵太郎一向把自己定義為『開朗』，並加以確信。

在這樣的順序下，人們的內心自然會往『確切的開朗』傾斜。

最後，那雖然模糊、卻真實的事物，會被使勁封閉在虛假的機械內。機械強勁地動了起來，人們卻未曾發現自己置身於『自我欺瞞的房間』裡……」

——「機械強勁地動了起來……」

機械真的強勁地動起來了嗎？

少年時期的缺點是深信只要將惡魔英雄化，惡魔便會心滿意足。

現在，我步步進逼人生出發的時刻。我對這趟旅程所準備的知識，有多本小說、一本性學寶典、朋友之間傳閱的情色書刊、每次野外演習晚上從朋友那裡聽來的天真情色話題……大致就這些。燃燒般的好奇心是比這一切都還要忠實的旅伴，就連出門時所採取的態度，也只要抱持當一個「虛假機械」的決心即已足夠。

我仔細研究過多部小說，調查我這年紀的人都怎樣感受人生、和自己對話。我沒體驗過宿舍生活、沒參加過社團，而且學校裡有許多人愛裝模作樣，在過了無意識地愛玩「低級遊戲」的時期後，便很少涉入這種低俗的問題。再加上我個性內向，要以這些事去猜測每個人的真面目，做起來相當困難。所以我得根據一般的原則去推理，思考要是「像我這個年紀的男孩」一個人獨處時，會有什麼感受。單就那宛如烙印般的好奇心這個層面來說，我也一樣，青春期似乎一同造訪了我們。到達這個時期後，少年們想的全是女人，臉上直冒青春痘，滿腦子衝動，因而寫下甜美的詩句。性方面的研究書常提到手淫的害處，也有某本書寫到手淫並無多大的危害、可以放心。看到這樣的說法，他們似乎打從這時期起便熱中於手淫。在這方面，我也和他們一樣！儘管一樣，但在進行這項惡習時，我心中的對象明顯和他們不同，對此，我的自我欺瞞決定不去過問此事。

首先，他們似乎從「女人」這個字眼感受到異常的刺激。彷彿只要女人這兩個字一浮現心頭，就會臉頰漲紅。而「女人」這個字眼對我來說，就像看到鉛筆、汽車、掃帚等字一樣，從未感受過更深的印象。我極度欠缺聯想力，就像之前提到片倉母親時的情況，我在和朋友聊天時也不時會出現這種情形，使我顯得很憨傻。他們當我是詩人而接受了我的行徑。但我不希望人們當我是詩人（因為聽說詩人一定都會被女人拋棄），為了能和他們搭得上話，我以人為的方式培養這種聯想能力。

我並不知道，他們不僅內在的感覺方面和我不同，就連看不到的外在表現，也顯示出明顯的差異。換言之，他們只要看到女人的裸照，便馬上會*erectio*。就只有我不會有這種反應。而我*erectio*的對象（打從一開始就因為情愛倒錯的特質，經歷了一番莫名嚴苛的選擇）是愛奧尼亞型[35]的青年裸體像，完全不具任何可以引起他們*erectio*的力量。

我之所以在第二章刻意詳細提到*erectio penis*，就是與此有關。我的自我欺瞞，是因為這方面的無知所促成。不管在任何小說的接吻場面中，和男人的*erectio*有關的描寫都會被省略。這是理所當然的事，用不著特別描寫。在性學的研究書中，也將接吻時產生的*erectio*略去不談。我在閱讀時所得到的感覺是，*erectio*只有在肉體交合前，或是在描繪其幻覺時才會發生。明明沒任何慾望，但等時候一到，我應該也會突然（猶如天外飛來靈感一般）

35 愛奧尼亞人的樣式優雅纖細，具有女性特質。

*erectio*吧。我內心有百分之十的程度不斷在低語著「不，恐怕只有我不會這樣」，並化為各種形態的不安呈現。我在進行惡習時，可曾在心中浮現過女人身上的某個部位呢？就算是抱持實驗的心態去嘗試也好。

我從沒這樣做過。我一直認為，我之所以沒這麼做，只是因為我的懶惰。

到頭來，我根本什麼都不懂。不知道除了我以外，每個少年入夜後，他們昨天在街角上看到的女人，一個個都一絲不掛地在他們的夢裡四處行走，不知道女人的乳房就像從夜裡的深海浮出水面的美麗水母，一再浮現於少年的夢中，不知道女人最寶貴的部位，張開那濡溼的柔唇幾十次、幾百次、幾千次，不斷地唱著賽蓮[36]之歌……

因為懶惰？可能是因為懶惰？我對人生的勤奮展現，全源自於此。到頭來，我的勤奮全用在為這樣的懶惰辯護，為了能繼續保有懶惰的原貌，我拿勤奮作為它的安全保障。

首先，我想到要湊齊和女人有關的記憶編號。但很遺憾，這方面的記憶實在很貧乏。

在我十四歲或十五歲那時候，曾發生過這麼一件事。那是家父轉往大阪任職當天，我去東京車站為他送行；返家的路上，好幾名親戚一同到我家中拜訪。也就是說，他們一行人，和家母、我，以及我的弟妹一同到我家坐，當中有我的堂姊澄子。當時她還沒結婚，約二十歲。

她的門牙微微外暴。那是極為潔白好看的門牙，讓人覺得彷彿是為了突顯那兩、三顆牙，才刻意這麼做，只要一笑，門牙便發出晶亮白光；那微暴的模樣，為她的笑容增添幾分難以形容的嬌媚。暴牙的不協調，宛如一滴香料，滴入她容貌和儀態的柔美協調中、強化當中的協調，為她的美加上耐人尋味的強調。

如果「愛」這個用語不適用，那麼，我應該是「喜歡」這位堂姊吧。從小我就喜歡站在遠處欣賞她。她在刺繡時，我在她身旁什麼事也不做，就只是坐著，足足有一個多小時那麼久。

伯母他們走進裡頭的房間後，我和澄子並肩坐在客廳的椅子上，沉默無語。送行時的擁擠人群，在我們的大腦裡亂踩一通的痕跡遲遲未散。我備感疲憊。

「唉，好累。」

她微微打了個哈欠，白皙的手指併攏摀著嘴，像在施咒般，慵懶地以手指朝嘴巴輕拍了

36 Sirene，希臘神話中住在西西里島附近海域的女妖，用天籟般的歌喉使過往的水手傾聽失神。

兩、三下。

「你不累嗎？小公？」

不知是怎麼回事，澄子以雙手的袖子遮住臉，直接就把臉靠向我大腿上。接著緩緩挪動，在我腿上轉變面朝的方向，靜止了半晌之久。我的制服長褲因為有幸讓她充當枕頭，而微微顫動。她的香水和脂粉味令我不知所措。她疲憊而又清澈的雙眸一直睜著，未曾稍瞬，她這樣的側臉令我不知如何是好……

結果也就只有這樣。然而，那曾經存在於我大腿上的奢華重量，我永難忘記。那不是肉體的感覺，而是極為奢華的喜悅。類似勛章的重量。

往返學校的路上，我常在巴士裡遇見一名貧血體質的小姐。她的冰冷吸引我的注意。她總是一副百無聊賴的慵懶模樣，靜靜凝望著窗外。微微噘起的嘴唇所呈現的剛強，總是留住我的目光。只要她不在，坐巴士便覺得少了什麼，不知不覺間，我在上下車時都對她充滿期待。我心想，這會是戀愛嗎？

我完全不懂。戀愛和性慾之間究竟有怎樣的關係，這方面我始終不明白。當然了，當時的我並不想用「戀愛」來解釋近江帶給我的惡魔誘惑。我思考著自己對巴士上那名少女產生的微微情愫是否就是戀愛，同時，那名頂著一顆發亮的光頭、模樣粗野的年輕公車司機，也吸引著我。無知並未逼迫我要解釋這樣的矛盾。我望著那名年輕司機側臉的視線，帶有一股難以迴避、逼得人喘不過氣來、含著痛苦壓力的感覺，而我偷瞄那位貧血小姐的眼神，則隱隱帶有一種刻意、人為、容易厭倦的感覺。這兩種眼神的關係我一直沒搞懂，就這樣，兩種不同的視線在我體內和平共處，相安無事。

就這個年紀的少年來說，我看起來極度欠缺「潔癖」的特質，也可以說看起來欠缺「精神」的才能；如果這一切都是因為我過度強烈的好奇心，造成對倫理漠不關心，便能加以解釋。但這種好奇心就像久病不癒的病患對外界所抱持的絕望憧憬，而另一方面，又與不可能的確信緊緊相連、難以分割。這種半無意識的確信、半無意識的絕望，令我的希望充滿活力，幾乎可看作是奢望。

明明年紀尚輕，我卻不知要在自己心中培育明確的柏拉圖式觀念。這算是不幸嗎？世間的不幸，對我而言具有什麼含意呢？我對肉體感覺隱隱存有不安，只把肉體方面的事當作是我的一種固定觀念。對於這種和知識慾沒多大差異、純粹屬於精神方面的好奇心，我已習慣於讓自己相信「這正是肉體的慾望」，最後我也習慣欺瞞自己，就像真擁有一顆淫蕩的心似的。這令我學會一種人小鬼大、彷彿通曉此道似的態度。我擺出像是已厭倦女人的神情。

首先，接吻成了我的固定觀念。對我而言，接吻這種行為表象其實不過是我的精神從中尋求寄託的某種表象罷了。現在的我可以這麼說，但當時的我將這種慾望誤以為是肉慾，並深信不疑，才必須那樣極度投入內心的偽裝中。掩飾真實的這種無意識的內疚，執拗地催促我有意識地演好這齣戲。但換個角度想，人們真能完全違背自己的天性嗎？就算只有短暫的一瞬間。

如果不這麼想，就無法解釋追求自己並不追求之物的這種匪夷所思的內心結構。如果我與不追求自己追求之物的那些重倫理的人們站在完全不同的立場，我心中會抱持更不合倫理的希求嗎？如果是這樣，這樣的希求也太可愛了吧？我這是完全偽裝自己、徹底成為舊習的俘虜，並展開行動嗎？關於此事的評斷，對日後的我而言，是不容忽視的要務。

——戰爭開始後，偽善的禁慾主義風靡了這國家的群眾，高中生也不例外。我們從進初中時就憧憬的「蓄髮」願望，儘管日後升上高中，一樣還是實現無望。穿花俏襪子的流行風氣也已是過去式。上軍訓課的時間增加許多，企圖展開各種愚蠢的革新。

話雖如此，由於我們學校校風傳統，採取只重表面工夫的形式主義，所以並未感受到什麼約束，就此度過學校生活。學校所配置的上校軍官，也是位開明之人，而因為東北口音而被取了「東北特」綽號的舊特務上士N准尉、他的同僚傻瓜特、長著獅子鼻的鼻特，也都了解我們的校風，行事得宜。校長是位擁有女人個性的老海軍大將，背後有宮內省撐腰，以溫吞、不得罪人的漸進主義穩穩保住他的地位。

在這段期間，我學會了抽菸喝酒。話雖如此，抽菸只是學人做做樣子，喝酒也是。戰爭教會我們莫名感傷的成長方式。那是以二十多歲的年紀斬斷人生、展開思考。之後的事完全不去預想。這令人感到人生頓時變得無比輕盈，就像剛好以二十多歲為界，所區隔出的一座活生生的鹹水湖，它的鹽分會一下子變得很濃，可讓人輕鬆浮於水面。只要落幕的時刻不會太遠，我演給自己看的這齣假面劇，便能演得更加認真，令人慶幸。然而，我的人生之旅，雖然老想著明天就要出發，卻是一天拖過一天，數年的時間過去，始終不見動身的跡象。或許這時代正是我唯一可感到愉悅的時代吧。雖然不安，但那終究也只是模糊的感覺，我仍擁有希望，一樣能在未知的藍天下望見明天。旅行的幻想、冒險的夢想、我總有一天能獨當一面的自畫像、我尚未見過的美麗新娘畫像、我對名聲的期待……這些事物就像旅遊指南書、毛巾、牙刷和牙膏、替換衣服、替換襪子、領帶、肥皂這類東西一樣，早已準備妥當，收在等候啟程的行李箱裡，那個時代對我而言，就連戰爭也是孩子氣的歡悅。我當時真的相信，自己就算中彈，恐怕也不會覺得痛，如此過度狂熱的夢想，現在一樣絲毫無衰退的跡象。就連對自己死亡的預想，也會因未知的歡悅而令我戰慄。我感到自己擁有一切。或許是吧。因為唯有為準備旅行而忙得焦頭爛額之際，我們才算是完全擁有旅行的全部。再來剩下的工作，就是破壞擁有的這一切。這就是旅行，一項徒勞無功之事。

不久，接吻這項固定觀念，落在一對柔唇上。這麼做才會讓我的幻想顯得煞有其事，應該就只是源自這樣的動機吧！如同我前面所述，明明不是什麼慾望，我卻一味深信那就是慾望。也就是說，我無論如何都想要相信它就是慾望，這種不合情理的慾望，與原本的慾望相混淆。「我不想當我自己」的這個強烈不可能的慾望，與世人的性慾、他們自己本身湧現的慾望，完全搞混在一起。

當時有位向來與我不合，但還是常和我往來的朋友。這位同學姓額田，個性輕浮，似乎當我是個好溝通、不必多所顧忌的對象，很適合向我請教初級德語方面的問題。不管什麼事，一開始我都很感興趣，大家都認為我的初級德語學得不錯。被貼上優等生（這樣說感覺有點像神學生）標籤的我，心裡有多麼討厭優等生的標籤（話雖如此，除了這個標籤，也找不到其他對我的安全保障有所助益的標籤了），對「惡名」又有多麼憧憬，也許額田已憑直覺看穿這一切。我和他的友情當中，存在著某個挑動我弱點的要素。額田善妒，因而被強硬派的同學視為眼中釘，而他就像靈媒在傳遞靈界訊息般，總會若有似無地傳來女人世界的消息。

第一位來自女人世界的靈媒，其實是近江。但當時的我比現在更保有自我，所以把近江當靈媒的特質視為他的美之一，對此感到滿足。然而，額田擔任靈媒這個角色，為我的好奇心建構出超自然的框架。其原因之一或許是因為額田完全和美沾不上邊。

我說的「一對柔唇」，指的是到他家玩時，他姊姊出現在我眼前的雙唇。

這位芳齡二十四的美人，當然是把我當小孩子看。望著圍繞在她周遭的男人，我逐漸明白，自己沒有任何可以吸引女人的特徵。我絕對當不成近江，而反過來看，這也讓我明白，我想變成近江的願望，其實就是我對近江的愛。

因此我深信自己愛上了額田的姊姊。我就像那些和我同年的青澀高中生一樣，在她家附近徘徊，在她家附近的書店裡久待不肯走，等候機會趁她從前面路過時，上前攔住她，或是抱著靠枕，想像將女人摟在懷中的感覺，並一再畫下她的柔唇，不顧一切地自問自答。這是怎麼回事？這些人為的努力，為我的內心帶來一種異常麻痺般的疲憊。不斷告訴自己我愛她，內心真實的部分卻早已發現這樣的不自然，並以帶有惡意的疲憊加以抵抗。感覺這種精神的疲勞含有劇毒。趁著內心人為努力的空檔，有時會有令人怯縮的掃興向我襲來，而為了躲避，我會厚著臉皮展現另一種幻想；我會突然精力充沛、變回我自己，朝那異常的心象燃起烈火，而且這火焰會被抽象化、殘留心中，彷彿這樣的熱情全是為了她而存在，事後才特地加上牽強的解釋——就這樣，我再次欺瞞了自己。

到目前為止的敘述，倘若有人責備我寫得太過流於概念化、失去抽象化，我也只能回說，這是因為我不想叨絮不休地描寫外表與一般正常人的青春期肖像別無二致的表象。只要除去我內心的羞恥，我與正常人的那段時期可說是如出一轍，甚至連內心也是，我和他們就是這般相同。好奇心一如常人，對人生的慾望也一如常人，不過，可能是過於貪圖內省，顯得畏縮不前、動不動就臉紅，而且沒自信，不認為自己有足以受女人青睞的容貌，終日就只是與書為伍；一位不到二十歲、成績還算不錯的學生，只要對我做這樣的想像就行。同時想像這位學生是如何對女人感到憧憬，內心是如何焦躁、煩悶。再也沒有比這更容易、更不具魅力的想像了。我之所以會省略那完全模仿這種想像的無聊描寫，也是理所當然。內向的學生所經歷的那段毫無光采的時期，完全和我相同，所以我發誓絕對要效忠演員。

在這段期間，我原本只會注意比我年長的青年，後來逐漸轉向比我年少的少年。這是當然的結果，因為就連比我年少的少年，也到了近江的年紀。儘管如此，這種愛的轉變與愛的本質息息相關。雖然這依舊是潛藏在我心中的想法，但我想在野蠻的愛當中加上高雅的愛。一種像是保護者的愛、類似少年愛的情愫，隨著我的自然成長而開始萌芽。

赫希菲爾德[37]對倒錯者進行分類，只對成年的同性感到魅力的這類，稱作androphils，而喜愛的對象年齡為少年或介於少年和青年之間的這一類，稱作ephebophils。我很了解ephebophils。Ephebe指的是古希臘的青年，意為十八歲到二十歲的壯丁，其語源來自於宙斯與希拉的女兒——擁有不死之身的海克力斯的妻子希比（Hebe）。女神希比負責為奧林匹

37 Magnus Hirschfeld，德國猶太裔人，是內科醫生和性學家，曾經公開承認自己是同性戀者。後人稱之為「性愛恩斯坦」。

斯諸神倒酒，是青春的象徵。

有位剛上高中、年僅十八的美少年。他是膚色白淨，有著一對柔唇和柔眉的少年。我知道他的名字是八雲。我早已打自內心地、欣然接納了他的長相。

我在他還什麼都不知道時，就已接收了他獻上的歡樂贈禮。每週一次，由最高年級的各班班長輪流喊朝會口令，不論是做早操時，還是下午的軍訓操練（高中有這樣的規定。先做三十分鐘的海軍操，結束後便扛著鋤頭去挖防空壕或是割草），一律由我喊口令的那星期，每隔四週就會輪到一次。夏天到來後，每到早操和下午的海軍體操時間，就連我們這種重規矩的學校，或許也是受當代流行風氣所影響，也跟著命學生打赤膊做體操。班長站在司令臺上喊朝會口令，結束後會喊一聲「脫上衣！」待眾人都脫完後，班長才走下臺，向接著上臺的體操老師喊一聲「敬禮！」然後跑回最後一排的同學隊伍中，接著自己也脫去上衣做操。等體操結束，則由老師發號施令，這樣班長便算任務結束。我視喊口令為畏途，怕得全身發冷，但前面提到的那種軍隊式的死板程序，正好很適合我，於是我也都暗自等待輪到我的那一週到來。拜此程序之賜，我可以正大光明地看八雲，不必擔心自己那瘦弱的裸體會被他看見，又能欣賞到八雲赤裸上身的模樣。

八雲大多站在司令臺前方最前排或第二排的位置。他那雅辛托斯[38]般的臉很容易泛紅。

像他跑來朝會整隊時，我望著他氣喘吁吁的通紅臉頰，感到無比愉悅。他常一面喘息，一面以粗魯的動作解開上衣鈕釦，然後像要將白襯衫的下襬從長褲裡一把扯出似的用力往外拉。我站在司令臺上，望著他若無其事裸露出光滑白淨的上半身，想不看都難。因此，當我的朋友不經意地對我說「你喊口令時總是低頭望著下方呢。那麼膽小啊」，我聽得嚇出一身冷汗。不過，這次我同樣沒機會接近他那玫瑰色的半裸身軀。

夏天有一週的時間，高中全體學生到M市的海軍機關學校參觀。那天游泳時，眾人都跳進泳池裡，而不會游泳的我以肚子痛當藉口，在一邊旁觀，不過，有位上尉軍官主張日光浴是治百病的良藥，所以我們這些病人也被迫打赤膊。仔細一看，這群病人組當中有一位正是八雲。他白皙的結實雙臂盤在胸前，微微曬黑的胸膛任憑微風吹拂，潔白的門牙像在把玩似的不斷咬著下唇。自稱是病人的，開始聚向游泳池邊的樹蔭下，這時要靠近他並非難事。我端詳他那充滿彈性的身軀，緊盯他那靜靜起伏喘息的腹部，想起惠特曼[39]的詩句。

38 Hyacinth，希臘神話中的美少年，為太陽神阿波羅所鍾愛。

39 Walt Whitman, 1819-1892，美國詩人、人文主義者。惠特曼是美國文壇中最偉大的詩人之一，有自由詩之父的美譽。曾因其對性的大膽描述而被歸為淫穢。

……年輕人仰臥，白皙的腹部因陽光而膨脹。

——但這一次，我還是一句話也沒說。我為自己瘦弱的胸膛和纖瘦蒼白的臂膀感到羞慚。

×

一九四四年（亦即終戰的前一年）九月，我從自己幼年時代便就讀至今的學校畢業，進入某大學。在家父不容分說的強制下，我選了法律系。但我堅信再過不久，自己也會被徵召入伍、戰死沙場，而一家人也會因空襲而全數罹難，所以並不引以為苦。

我入學時，正好要出征的學長將他的大學制服借給了我，這是當時一般常見的慣習。我們說好，等日後我出征時，再把制服送回他家中，就這樣，我開始穿著它上大學。

我明明比誰都還要害怕空襲，卻又抱持著某個甜美的期待，等候死亡的到來。就像我常說的，未來對我來說，是沉重的負荷。打從一開始，人生就以義務觀念束縛著我。雖然我明白，履行義務對我來說是不可能的事，但人生卻以我不履行義務而苛責我。要是我以死來躲過這樣的人生，想必可以清靜不少。戰爭時流行的死亡教義，令我產生感官的共鳴。萬一我「光榮地戰死」（這和我很不匹配），就能很諷刺地結束自己的人生，而躺在墓地裡的我，可就有說不完的笑料了。這樣的我，每當警報響起，逃往防空壕的速度比誰都快。

……我聽到拙劣的鋼琴聲。

這裡是最近即將以特別幹部候補生身分入伍的朋友家中。這位姓草野的友人，是我高中時代能略微互聊精神問題的唯一朋友，我相當珍惜這份友誼。我向來不想刻意交朋友，但恐怕會傷及我這唯一友情的以下描述，以及強迫我這麼做的內心，都令我感到黯然。

「那鋼琴彈得好嗎？好像不時會卡住呢。」

「那是我妹妹。老師剛回去，她正在練習。」

我們不再對話，靜靜聆聽。由於草野入伍在即，所以傳進他耳中的，不光是隔壁的琴音，而是他即將被抽離的「日常之物」，一種不夠完美、令人焦躁的美。那鋼琴的音色，就像是看著食譜做成的拙劣糕點，給人一種平易感。我忍不住問道：

「她幾歲？」

「十八歲。是我大妹。」

草野回答。

——愈聽愈覺得那像是十八歲這個年紀的琴音，微帶夢幻，而且還不懂自己的美，指尖仍留有稚氣。我期望她可以一直這樣練習下去。我的心願實現了。在時隔五年後的今天，那琴音仍在我心中持續彈奏。不知有多少次，我都想讓自己相信那是錯覺，我的理性嘲笑它，而我的怯弱嘲笑我的自我欺瞞。儘管如此，那琴音支配了我，如果能從宿命一詞中去除那負面的含意，那琴音對我來說便堪稱是宿命。

不久前，「宿命」一詞才給了我異樣的感動，此事我一直記憶深刻。高中畢業典結束後，我和曾是海軍大將的校長一同搭轎車前往皇宮致謝，這位眼中積著眼屎的老先生，對於我沒志願報考特別幹部候補生，反而打算以一般兵的身分接受徵召的這份決心百般責難，還說以我這樣的身體，不可能承受得了一般兵的生活，極力說服我。

「但我已做好心理準備。」

「因為你不懂，我才跟你說。不過，志願報考的日期已過，現在也沒辦法了。這也是你的destiny。」

他以明治風格的發音，說出宿命一詞的英語。

「什麼？」我反問。

「destiny。這也是你的destiny。」

——他以漠不關心的口吻，單調地反覆說道，不過從中可以看出他在提防，不想讓人以為他是苦口婆心，這是老人特有的害羞。

那名彈琴的少女，之前我肯定在草野家見過她。但是在家風與額田家完全相反、採清教徒作風的草野家，他那三位妹妹總是只留下矜持的一笑，便馬上躲進屋內。由於草野入伍的日子愈來愈近，我們常上彼此的家裡拜訪，不捨別離。鋼琴聲令我在他妹妹面前成了一個死板僵硬的人。自從傾聽過她的琴音後，我就像聽聞探知了她的祕密般，再也無法正眼看她，或是同她搭話。偶爾她端茶前來，我只看到出現眼前的那輕盈敏捷的雙腿。可能是因為當時流行燈籠褲和長褲，很少看到女人的腿，她那雙美腿令我感動。

——我這樣描寫，若被解讀成我從她的雙腿感受到肉慾，那也是沒辦法的事。其實不然。誠如我所一再強調，我對異性的肉慾，完全欠缺定見。我沒有想看女人裸體的這種慾望，恰好是證明。儘管如此，我還是很認真思考自己對女人的愛；然而先前那討厭的疲憊開始在我心中蔓延，阻礙我去追尋那「認真的思考」，接著我便會認為自己是個理性勝過情感的人，從中找到喜悅，將自己那冷淡、欠缺持續性的情感，比擬成對女人感到倦膩的男人所呈現的反應，藉此一併滿足自己想要裝大人樣的炫耀心態。這心態就像設在糖果店內、只要投入十塊錢便會啟動、掉出牛奶糖來的機器，深植在我心中。

我原本以為，自己可毫無欲求地愛上女人。這恐怕是人類有史以來最欠思慮的企圖。我自己不懂這點（會用這種誇張的說法是我的天性，請見諒），還企圖要當宣揚愛之教義的哥白尼。因此，我當然是在不知不覺間相信了柏拉圖的觀念。或許看起來和前面的描述有所矛盾，但我確實是如實且純真地相信它。照這樣看來，我所相信的或許不是這個對象，而是其純粹。我誓言效忠的，該不會就是這樣的純粹吧？這是日後的問題。

有時我看起來像是不相信柏拉圖式的觀念，那也是因為我那動不動就往自己欠缺的肉慾觀念傾斜的頭腦，以及容易因想裝大人樣的病態滿足而感到的人為性疲憊。說到底，全都源自於我的不安。

戰爭來到最後一年，當時我二十一歲。新年甫過不久，我們這所大學便動員前往M市附近的N飛機工廠。八成的學生都成了工人，剩下兩成身體虛弱的學生，則從事事務性工作。我是後者。儘管如此，在去年的體檢中，宣布我通過了第二乙種體格，我一直很擔心兵單近日就會送來。

在這處黃塵滾滾的荒涼之地上，一座光橫越就得花上三十分鐘之久的巨大工廠，動員了數千人投入工作。我也是其中一人，編號四四〇九，臨時從業員第九五三號。這座大工廠是在完全不必考慮資金回收的神祕生產經費下建造而成，奉獻給巨大的虛無。每天早上都會做的神祕宣誓，背後也有其原因。我從沒見過這麼不可思議的工廠：近代的科學技術、現代的經營方法、眾多優秀頭腦所產生的精密合理思維，這一切全部獻給一樣東西，那就是「死亡」。這座專門生產特攻隊零式戰鬥機的工廠，感覺就像會自己發出聲響、低吼、號啕、怒吼的一種黑暗宗教。我覺得，如果不具有某種宗教性的誇大，就不會有如此龐大的機構存在。就連裡頭重要幹部的中飽私囊行徑，也帶有宗教色彩。

有時空襲警報的警笛聲，會告知這個邪惡宗教舉行黑彌撒[40]的時刻到來。

辦公室裡一陣騷動，「情報是咱樣說的」人們連鄉下口音都不掩飾了。這間辦公室裡沒有收音機。一名所長室的女職員走進來報告道「敵人有好幾支飛機編隊前來」。就在這時，擴音器的沙啞聲下令女學生和國民學校的兒童前往避難。救護人員四處發放印有「止血時　分」、活像紅色行李標籤的東西。當有人受傷止血時，就會在標籤上寫下時間，掛在胸前。警笛聲響起後不到十分鐘，擴音器下達「全員避難」的命令。

事務員們捧著重要文件的箱子，趕往地下金庫。將這些東西收好後，我們才趕緊往地面上衝、穿越廣場，加入那些戴著頭盔或防空頭巾的群眾當中。群眾往正門奔流。正門外是荒涼、寸草不生的黃土平原。相隔七、八百公尺遠的小丘松林裡，事先挖好無數個防空壕。在滾滾砂塵中分成兩路，沉默無語、焦急且盲目的群眾，只想著朝不是「死亡」之物奔去，就算是容易崩塌的紅土小洞也罷，總之，只要不是「死亡」之物即可。

我剛好在休假日返家，於晚上十一點接到入伍召集令。電報上通知我要於二月十五日入伍。

像我這種瘦弱的體格，在都市裡並不稀奇，所以家父替我出主意，說要是在原設籍地的鄉下軍隊接受檢查，就會突顯出我的孱弱，這樣或許就不會合格，於是我便在近畿地區的原設籍地H縣接受體檢。農村青年輕輕鬆鬆就能拿起米袋舉十下，我連抬到胸前的高度都辦不到，連檢查官都笑出聲來，但結果我還是列為合格的第二乙等體格，現在又接到召集令，要到鄉下的粗魯軍隊入伍。家母難過悲泣，家父也頗為沮喪，而收到召集令後，連我也提不起精神。但另一方面，我又期待能死得壯烈，於是懷著怎樣都好的心情。然而，我先前在工廠染上的感冒，於搭火車前往報到時益發嚴重，當我抵達祖父破產後、連一坪土地都不剩的鄉下，來到一名素有往來的熟人家中，已嚴重高燒，連站立都有困難。但在他們的用心照顧，以及服下大量的退燒藥後，功效顯著，我姑且能抬頭挺胸地走進營區大門。

後來暫時被藥物壓抑住的高燒再度發作，在入伍檢查時，像牲畜般被脫得赤條條、四處走動的過程中，我打了好幾次噴嚏。一名菜鳥軍醫將我支氣管的喘息聲誤診為發炎造成的異響，加上因我自己胡謅的病情報告得到確認，我接受了紅細胞沉降率的檢測。感冒的高燒顯示出高數值的紅細胞沉降率，我因「肺浸潤」的病名而奉命即日驗退返鄉。

離開營門後，我發足飛奔。荒涼的冬日斜坡，一路往村莊的方向而降。就像先前在那座

40 源自於中世紀法國基督教異端派的惡魔禮拜。

飛機工廠一樣，朝不是「死亡」之物奔去，不管是什麼，只要不是「死亡」之物就好。

……坐在夜行列車上，我一面閃躲從車窗破裂處吹進的冷風，一面忍受高燒所帶來的發冷和頭痛之苦。我問自己要回哪兒去。家父對任何事都無法拿定主意，拜他之賜，我們現在仍未疏散避難，還住在東京；要回東京的住家嗎？要回到包圍著那個家、充滿幽暗與不安的都市嗎？要走進流露著家畜般的眼神、聚在一起互問「不會有事吧？不會有事吧？」的群眾當中嗎？還是回到那滿是感染肺病的大學生、以順從的表情聚在一起的飛機工廠宿舍呢？

我所倚靠的椅子木板，隨著火車的震動，鬆脫的木板接縫在我背後移動。正好我閉著眼睛，在腦中描繪我在家中時，因遭遇空襲，一家人全都喪命的光景。一股難以言喻的厭惡感從這樣的幻想中油然而生。日常生活與死亡的關聯，過去不會帶給我這般奇妙的厭惡感。就連貓也為了不讓人見到自己的死狀，會在大限將至之際自行躲藏起來，不是嗎？我目睹家人悲慘的死狀，或是家人看見我的死狀，這種想像我光想就覺得噁心作嘔。死亡這個相同條件造訪我們一家人，奄奄一息的父母和兒女互望著彼此，眼中滿溢死亡的共同感受，想到那樣的眼神，我不禁覺得那是一家和樂、家人團圓的噁心複製。我想在別人眼中光榮地死去。

這與想在豔陽天下死去的埃阿斯[41]希臘式的心情也有所不同。我所追求的是天然、自然地自殺。我期望自己像是隻還不夠狡猾聰慧的狐狸，一派悠閒地走在山邊，因為自己的無知而遭獵人射殺。

——既然如此，入伍從軍不是很理想嗎？這不就是我對軍隊所抱持的期望嗎？為何又要那麼認真地對軍醫說謊呢？為什麼要說我這半年來一直有微燒、肩膀僵硬難受、咳出血痰、昨晚睡覺時還盜汗（這是理所當然。因為我吞了阿斯匹靈）呢？為什麼當軍方宣布我當天驗退返鄉時，我會感到臉頰浮現忍不住想要微笑的壓力呢？我步出營門時，為何會跑得那麼急？我這樣不是希望落空嗎？為什麼沒垂頭喪氣，拖著沉重的步履呢？

正因為我自己很清楚，面對軍隊所代表的「死」，我的前方並沒有足以令我逃離它的「生」在等著我，所以我實在搞不懂那股令我奔出營門的力量來自何處。我還是想活下去嗎？而且我活下去的方式，就像在無意識下、氣喘吁吁地衝進防空壕的瞬間那樣。

這時，突然我的另一個聲音說道「我應該從來沒有想死的念頭」。這句話鬆開我身上羞恥的束縛。儘管難以啟齒，但我能理解。其實我說自己對軍隊所抱持的期待只是死，那是騙

41 Aias，大埃阿斯，希臘神話人物，忒拉蒙之子。為特洛伊戰爭中的希臘軍英雄之一。

人的。我對軍隊生活抱持一種感官上的期待。而一直讓我抱持這種期待的力量，不過是人人都有的一種原始咒術般的確信罷了，認為只有自己絕不會死的確信……

……但對我而言，實在不該有這種想法。倒不如說，我寧可覺得自己是個被「死」拋棄的人。我喜歡像外科醫生在進行內臟手術那樣，集中自己複雜的神經，規規矩矩地注視著一名一心想死的人被死亡拒於門外的奇妙痛苦。這種內心的歡悅程度感覺已近乎邪惡。

我們的大學因為和N飛機工廠爆發衝突，於二月底撤離所有學生後，擬定計畫，要在三月重新開課、四月初再度動員學生至其他工廠作業。二月底時遭到近上千架小型飛機的空襲。雖說三月要重新開課，但眾所皆知，根本就有名無實。

就這樣，在戰事如火如荼之際，我們得到毫無助益的一個月假期，就像得到溼透的煙火。不過，比起得到不怎麼起眼、卻能輕易派上用場的一袋乾麵包，得到溼透的煙火這樣的賜禮，我還比較開心。因為這很像是大學會贈送的蠢禮物——在這個時代，光是派不上用場這點，就是很了不起的贈禮。

我感冒痊癒的數天後，草野的母親打電話給我。她說草野位於M市附近的部隊，在三月十日第一次開放會客，問我要不要一同前去。

我答應她的邀約，旋即前往草野家與她討論此事。傍晚到晚上八點這段時間是最安全的時刻。這時候草野家剛用完餐。她母親是寡婦。草野的母親和三位妹妹邀我一同坐向暖桌。他母親向我介紹彈鋼琴的那位少女，她叫園子。與鋼琴名家I夫人同名，所以我以之前聽到的鋼琴聲跟她開了個小玩笑。十九歲的她在微暗的遮光燈泡[42]下羞紅了臉，不發一語。園子穿著一件紅色的皮夾克。

三月九日早上，我在草野家附近某個車站的走廊上等候草野一家人。可以清楚看見隔著鐵路的一長排店家，因強制疏散避難而開始拆除。那清晰的破裂聲響，劃破早春冷冽的空氣。被拆除的屋子，露出部分仍耀眼嶄新的木紋。

此時早晨依舊寒氣逼人。這幾天終於沒再聽到警報聲。這段時間空氣愈來愈清澈，透露出恐怕隨時都會崩壞的徵兆，處於纖細而緊繃的狀態。眼前的空氣，彷彿只要伸手一彈就會發出清響的琴弦，令人聯想到充滿多樣虛無的寂靜，彷彿只要過幾個瞬間便能成為音樂。就連冷清月臺上落下的冰冷陽光，也因某個像音樂預感般的事物而戰慄。

42 二戰期間，晚上為了不透出光線，規定民眾用黑布罩住電燈。

這時，一名身穿藍色外套的少女從前方樓梯走下。她拉著小妹妹的手，小心守護妹妹走好每一階。年紀較大的那名十五、六歲的妹妹，耐不住這樣的緩慢速度，但還是沒自己快步往下走，而是故意蜿蜒地走下樓梯。

園子似乎還沒發現我。但我卻看得一清二楚。有生以來，我不曾像這樣為女人動心，深深感受女人之美。我心頭小鹿亂撞，心思變得無比聖潔。就算我這麼寫，一路看到這兒的讀者想必也不會相信。因為我對額田的姊姊的「人為性單戀」，與此刻的小鹿亂撞，根本無從區隔。當時那不容忽視的分析，沒理由唯獨在這種情況下棄置一旁。若是這樣，我描寫這件事的行為，打從一開始就是徒勞，人們會認為我所寫的事，只是因為我想這麼寫，是我慾望下的產物。為了這個目的，只要我事先讓自己的說法兜攏，便可萬無一失。但我記憶中正確無誤的部分，點出我和過去的自己之間所存在的差異。那就是悔恨。

園子在只剩最後兩、三階便完全走下樓梯時發現了我。因寒氣而更顯嬌嫩的臉頰泛著紅暈，她嫣然一笑。那有著一對大眼瞳，略顯眼皮沉重、微帶睡意的雙眼，此刻閃著光輝，似乎有話想說。接著她將小妹交由十五、六歲的大妹牽好，以彷彿光彩搖曳般的柔美姿態從走廊上朝我奔來。

我則是望著那朝我奔近、宛如清晨到來般的人物。她並非我從少年時代便強行描繪出的肉慾女性。如果是那樣的人，我只要以虛假地期待相迎即可。但令人困擾的是，我直覺唯有在園子心中，我才會發現不同的事物。那是我自認配不上園子的一種極度虔誠的情感，然而，這並非卑屈的自卑感。每次看到園子朝我靠近，便會有一種坐立難安的悲傷朝我襲來。這是未曾有的情感。一種彷彿會令我存在的根基為之撼動的悲傷。過去我只能以孩子氣的好奇心和虛假的肉慾這種人為的合成情感來看待女人。打從一開始的驚鴻一瞥，我便被如此深沉、難以解釋，而且絕非偽裝的悲傷撼動了心靈，這種情況從未有過。我意識到這是悔恨。但給予悔恨資格的罪業，我可曾犯過？這明顯透著矛盾，但世上有還沒犯下罪孽就先悔恨這種事嗎？難道我的存在本身就是悔恨？是她的姿態令我喚醒此事嗎？莫非這就是罪孽的預感？

——園子已站在我面前，成了無法改變的事實。見我一臉茫然，她將剛才行了一半的禮，又重新做了一遍。

「你等很久了嗎？家母和祖母大人（她用了奇怪的語法，頓時為之臉紅）還沒準備好，可能會晚點到。要等一下（她很謹慎地重新改口），要請你再稍候片刻，如果她們還是沒來，我們就一起先去U車站好嗎？」

她結結巴巴地說完這句話後，再度做了個深呼吸。園子算是個頭高大的少女。她身高到我額頭，擁有極為優雅勻稱的上半身，以及一雙美腿。那脂粉未施的稚氣圓臉，如同不懂化妝為何物、純潔無瑕的靈魂肖像畫。她嘴唇略顯乾裂，反而給人一種鮮明感。

之後我們閒聊了幾句。我全力展現出開朗的神情，全力扮演一位聰明機智的青年。但我憎恨這樣的自己。

電車多次在我們身旁停下，接著又發出低沉的嘎吱聲離去。這個車站上下車的乘客不多。每次電車駛入，就只是阻擋了我們原本享受的陽光。但每每車身離去，臉頰上重新浮現的柔和陽光，總會令我戰慄。帶來如此恩賜的陽光就在頭頂上，如此無慾無求的時刻竟然存在我心中，好像某種不祥之兆，像是數分鐘後突然遭遇空襲、我們當場被炸死這樣的不祥之兆。感覺我們不值得享有如此渺小的幸福。但反過來說，我們已染上惡習，連這種微不足道的幸福亦視為是恩寵。像這樣少言寡語地與園子相對，對我內心造成的影響正是如此。而支配園子的，肯定也是同樣的力量。

園子的祖母和母親遲遲未到，所以我們坐上不知是第幾班電車，朝U車站而去。

在U車站的擁擠人群中，兒子和草野同一個部隊、正要前去會客的大庭先生叫住了我們。這位堅持戴禮帽穿西裝的中年銀行家，帶著一位認識園子的女兒。她遠不如園子來得美，不知為何，這令我感到高興。為什麼會有這樣的情感呢？園子和她親暱地握住彼此交叉的手，不住甩動，看她們如此天真無邪的歡樂模樣，我便知道園子具有美麗的特權，亦即平靜的寬容，她之所以看起來比實際年齡還要成熟，也是這個緣故。

火車上空空蕩蕩。我和園子偶然地在靠窗的座位迎面而坐。

大庭先生一行人，連同女傭在內一共三人。而我們這邊終於也全員到齊，一共六人。九個人若要坐一整排橫向的位子，會多出一人。我在不知情的情況下，已快速暗自做了一番計算。園子可能也同樣這麼做了。我們兩人迎面而坐後，互相露出惡作劇似的微笑。

這困難的計算，造成了默認這座離島的結果。就禮儀考量，園子的祖母和母親勢必得和大庭父女面對面而坐。園子的小妹是妹妹，馬上挑選能同時看到母親和窗外景致的位子，而她的小姊姊也跟隨她，所以那座位宛如成了大庭先生家的女傭在看顧兩位早熟女孩的運動場。老舊的椅背，將他們七人與我和園子隔開。

打從火車還沒駛離，大庭先生滔滔不絕的話語便已壓制住在場所有人。他那聲音低沉且女性化的喋喋不休，除了只能讓人附和外，再也不給任何權利。就連代表草野家說話的那位看來很年輕的祖母，似乎也看傻了眼，我隔著椅背便感覺得出來。祖母也只能在一旁附和

「是、是」，忙著在關鍵處陪笑。大庭先生的女兒一樣一句話也沒說。接著，火車開動了。

離開車站後，陽光穿透髒汙的玻璃窗，落向凹凸不平的窗框，以及園子和我的外套膝蓋上。她和我都靜靜聆聽身旁大庭先生的喋喋不休，沉默不語。有時她嘴角會泛起微笑。這馬上便感染了我。這時我們都會四目交接。接著園子又轉為專心聆聽隔壁聲音、目光晶亮、微帶惡作劇、不顯顧忌的眼神，避開我的視線。

「日後我死時，打算就以這身裝扮。如果是穿著國民服[43]、紮著綁腿死去，那我一定死不瞑目。我也不讓我女兒穿長褲。讓她以女人的模樣結束生命，這也算是我為人父的一份慈悲心吧。」

「是、是。」

「換個話題吧，您要疏散避難時，有什麼行李家當要搬，請儘管吩咐我一聲。您家中沒有男丁，想必諸多不便。請儘管吩咐，不用客氣。」

「這怎麼好意思呢。」

「我買下T溫泉的倉庫，我們銀行行員的行李全都運往那兒放。我可以向您保證，東西放在那裡絕對安全。不管是鋼琴還是什麼，一概都行。」

「這怎麼好意思呢。」

「再換個話題，聽說令郎隊上的隊長人不錯，真是幸運呢。像我兒子的隊長，聽說連會客時帶去的食物也要揩油。這麼一來，不就跟大海對面的人沒什麼兩樣嗎？聽說會客日的隔天，隊長都會胃痙攣呢。」

「哎呀，呵呵呵。」

——園子的嘴角再度浮現笑意，也顯得有些不安。接著她從手提包裡取出一本文庫本。我有點不滿，同時對書名產生興趣。

「那是什麼？」

她笑著把書攤成扇形擋在面前，讓我看書背。上頭寫著《水妖記》，並以括弧寫著「Undine」[44]。

——感覺背後的椅子有人站起身。是園子的母親。她似乎是想制止么女在座位上蹦蹦跳跳，順便逃離大庭先生的喋喋不休。但並不光只是這樣。她把吵鬧的少女以及她那早熟的姊姊帶到我的座位來，說道：

43 二戰時，類似軍服的一種國民服裝。
44 溫蒂妮，又稱水女神，本書是德國作家穆特福開（Friedrich de la Motte Fouqué）所寫的童話故事。

「好了，請讓這吵鬧的兩人也加入你們吧。」

園子的母親是位儀態優雅的美人。點綴她溫柔談吐的微笑，有時看了教人憐惜。此時說這番話的她，看在我眼中，那微笑透著某種悲戚的不安。她離開後，我與園子互望一眼。我從胸前口袋取出記事本，撕下一張紙，以鉛筆寫道：

「令堂很在意呢。」

「寫什麼？」

園子斜斜地把臉湊過來。一股像孩子般的髮香送入鼻端。看完紙片上的字後，她連脖子都紅了，低下頭去。

「是這樣沒錯吧？」

「啊，我……」

我們再度目光交會，雙方達成共識。我感覺自己臉頰也熾熱猶如火燒。

「姊，那是什麼？」

她的小妹伸過手來。園子迅速將紙藏好，至於她的大妹，似乎已察覺這當中的含意。她頗為不悅，板起臉孔。由於她很誇張地訓斥起小妹，所以我一看便知。

我和園子反而因為這樣的契機而開啟了話匣子。她告訴我學校的事、之前讀過的幾本小說，還有她哥哥的事，而我則是馬上導向一般的話題。這是勾引的第一步。我們兩人聊得很親暱，將她兩個妹妹冷落一旁，所以她們又回到原本的座位上。這時，她母親一臉為難地笑了笑，將那兩位派不上用場的監視者帶回我們身邊。

當晚，我們一行人在草野其部隊附近的M市一家旅館住下，就寢時間將至。大庭先生和我分配到同一間房。

我們兩人獨處後，這位銀行家毫不掩飾地向我說出他的反戰論調。到了一九四五年這時候，人們動不動就會談到反戰論調，我早聽膩了。他一直以低沉的聲音說個沒完，說什麼他有位融資客戶，經營一家大型的陶器公司，以彌補戰爭帶來的災難為名義，看準了和平，計畫要生產大規模的家庭用陶瓷器，還說什麼正在向蘇聯提出和平要求，真教我吃不消。我有我想要獨自思索的問題。他那張摘下眼鏡後顯得莫名浮腫的臉，沒入熄燈後擴散開來的暗影中，無邪的嘆息聲有兩、三次緩緩從棉被上傳過，旋即發出打呼聲。我感受著包裹在枕頭外的新毛巾隱隱刺向我發熱臉頰的觸感，就此陷入沉思。

一個人獨處時，那總是威嚇我的陰沉焦躁，以及今天早上看見園子時、那撼動我存在根基的悲傷，再度鮮明浮現我心頭。它揭發出我今天所說的一字一句，以及一舉手一投足的虛假。之所以這麼說，是因為我斷定這是虛假，或許還比懷疑這全部都是虛假的臆測更不會令人感到難受，因此，特地加以揭發的作法，不知不覺間令我感到心安。在這種情況下，我對「身為人類的根本條件」，以及對「人類內心確切的組織」所感受到的強烈不安，只會將我心中的反省導向沒有結論的迴圈。如果是其他青年，會是什麼感覺，如果是正常人，又是什麼感覺呢？這樣的強迫觀念責備著我，轉眼間便將我認為已確實得到的小小幸福給徹底粉碎。

「演戲」化為我組織的一部分。它已不再是演戲。佯裝自己是正常人的意識，連我心中原本正常的部分也一併侵蝕，我變成得一一說服自己，說那不過是佯裝出來的正常罷了。反過來說，我可能已成為一個只相信假貨的人。這麼一來，一直想將接近園子的這份心看作是假貨的這種情感，或許是我想將它看作是真愛的這份渴求、戴上假面後所呈現出的樣貌。如此一來，或許我正逐漸成為一名連否定自己都辦不到的人。

——就這樣，當我好不容易沉沉欲睡時，那充滿不祥之感、但又莫名帶有一股魅力的低吼，從夜裡的空氣中傳來。

「那不是警報聲嗎？」

銀行家的敏銳令我吃驚。

「這個嘛……」

我不置可否地應道。警報聲一直微弱地持續著。

由於會客時間很早，我們一行人六點便已起床。

「昨晚響過警報對吧。」

「沒有啊。」

在盥洗室互道早安時，園子一本正經地否定。回到房間後，這成了園子被她妹妹們嘲笑的好題材。

「姊，就只有妳不知道。太好笑了。」

她的么妹附和道。

「我那時候也醒著。結果傳來姊姊的如雷鼾聲呢。」

「沒錯，我也聽到了。鼾聲實在太大，幾乎都快聽不到警報聲了。」

「真敢說，請拿出證據。」——園子在我面前羞紅了臉，逞強道。

「說這種誇大不實的謊言，會造成很可怕的後果。」

我只有一位妹妹。從小我就很嚮往姊妹眾多的熱鬧家庭。這場半開玩笑的姊妹拌嘴，看在我眼中，是這世上最鮮明的一幅幸福景象。這喚醒我的痛苦。

早餐的話題始終圍繞在昨晚那件事上，那可能是邁入三月後的第一次警報。由於一直是警戒警報，始終沒響空襲警報，眾人最後都認定那應該沒什麼。對我來說，根本就無所謂。要是我外出時，家裡被燒個精光，或是父母弟妹全都喪命，這樣會變得清靜不少，那也不壞。我並不認為這是多麼冷酷的幻想。由於各種想像得到的事態每天都若無其事地發生，反而令我們的想像力變得貧瘠。例如一家人全部喪命的想像，遠比想像銀座店門前擺滿整排洋酒瓶，或是霓虹燈在銀座的夜空中閃爍，都還要容易許多，所以我只是選擇容易的一方罷了。感受不到排斥感的想像力，不管帶有多麼冷酷的樣貌，都與內心的冰冷沒有瓜葛。那不過是怠惰、敷衍的一種精神展現。

昨天晚上我獨處時，活像個悲劇演員，但離開旅館時，我就像換了個人似的，很快便佯裝成一名輕薄的騎士，想替園子拿行李。這也是看準在眾人面前這麼做的效果，刻意採用的作法。如此一來，她的顧慮就不會是對我的顧慮，而能解釋成是忌憚她祖母和母親的顧慮，而她自己又會被這樣的結果所欺騙，應該會清楚地意識到她與我的親暱舉動，已足以到顧慮她祖母和母親感受的程度。我這小小的策略奏效了。當我拿起她的手提包時，她就像有話想說似的，一直跟在我身旁不願離開。明明有年紀相仿的朋友在，卻不和對方說話，只是一味和我聊天，我深感不可思議地望著她。早春挾帶塵埃的風迎面吹來，園子那近乎哀戚的甜美聲音就此被吹碎。我穿著外套的肩膀上下晃了幾下，掂量她這手提包的重量。這重量很勉強地為盤據在我心底、宛如嫌犯內疚般的感覺做辯護——在來到市郊處，祖母率先喊累。那位銀行家折返回到車站，似乎用了什麼巧妙的手段，不久便為我們一行人雇來了兩輛包租車。

「嗨，好久不見了。」

我與草野握手，感到那宛如龍蝦殼般的觸感，忍不住怯縮。

「你這手……怎麼回事？」

「呵呵，嚇了一大跳對吧？」

此時的他已呈現出新兵特有的淒清可憐樣。他雙手併攏伸向我面前。手上滿是龜裂、裂痕、凍瘡，外頭裹著一層灰塵和油，就此造就出一雙宛如蝦殼般慘不忍睹的手。而且又溼又冷。

這雙手對我造成的恫嚇，正如同現實對我的恫嚇一般，我本能地對這雙手感到恐懼。事實上，我感到恐懼的，是這雙不容忽視的手向我內心告發、向我內心申訴的某物；那是在這雙手面前，什麼事都無法偽裝的恐懼。一想到這兒，園子這另一個存在便具有特別的意義，她是我柔弱的良心抵抗這雙手的唯一盔甲，唯一的鎖子甲。我感覺自己勢必得愛她不可。這成了橫陳在我心底深處，比原本的內疚更為深沉的義務……

完全不知情的草野天真地說道：

「洗澡的時候，只要用手摩擦身子，根本就不需要洗澡道具。」

她母親發出一聲輕嘆。在這種情況下，我只覺得自己是個恬不知恥的礙事者。園子若無其事地抬眼望我。我則是低垂著頭。雖然不合理，但總覺得自己得向她道歉。

「我們到外頭去吧。」

草野用略顯尷尬的粗魯動作推著他祖母和母親的背。在寒風颼颼的營區庭院的乾枯草地上，許多家庭各自圍成圓圈而坐，讓這些候補生享用美食。遺憾的是，不管我再怎麼揉眼細看，都不覺得眼前是什麼美麗的情景。

不久，草野也盤腿坐在圓圈中央，嘴裡塞滿了西式糕點，一對眼睛東張西望，指著東京的方向。從這座丘陵朝枯黃的原野前方望去，可以看見M市所在的盆地，再過去的低矮山脈交疊的縫隙處，就是東京上空。早春冰冷的浮雲，在那一帶落下微微的暗影。

「昨晚那一帶一片赤紅，看來情況不妙呢。你家現在不知道是否完好。整面天空呈現一片火紅，以往的空襲從沒見過這種情況。」

——草野自己一個人趾高氣昂地說道，還說祖母和母親她們要是不早日疏散避難，他每晚都睡不安穩。

「知道了。我們就早點疏散避難吧。奶奶向你保證。」

祖母豪氣地說道。接著從衣帶裡取出小記事本和一枝牙籤般的暗銀色自動鉛筆，很認真地記下。

在回程的火車上，我備感憂鬱。在車站與我們會合的大庭先生也態度驟變，顯得沉默寡言。眾人的「骨肉之情」、那平時隱藏的內在情感，此時完全被掀開來，在這種錐心刺骨的感想下成了俘虜。可能在見到彼此後，只能展現出自己赤裸的真心，而他們在見到自己的兒子、兄長、孫子、弟弟後，發現那赤裸的真心不過是在誇示彼此無益的淌血罷了，無比空虛。而我則是一直被那雙手慘不忍睹的幻影追逐著。當入夜亮燈時，我們搭乘的火車已抵達轉乘省線電車的O車站。

在那裡，我們這才撞見昨晚遭受空襲的明確證明。橋上擠滿了戰火下的災民。他們裹著毛毯，與其說他們露出什麼也不看、什麼也不想的眼神，不如說單純只是露出一對眼珠。一名母親看起來就像打算用同樣的擺動幅度，永遠這樣搖晃她膝蓋上的孩子；而那頭髮上插著半焦黑人造花的女兒，垂靠在行李上，已沉沉睡去。我們這一行人從中穿過，完全沒受到責難的眼神。我們盡皆沉默。只因為沒能分擔他們的不幸，我們的存在理由便遭抹除，被當成影子看待。

儘管如此，我心中還是燃起了什麼。眼前這「不幸」的隊伍，給了我勇氣和力量。我理解了革命所帶來的激昂。他們看到規定自己存在的各項事物皆陷入火海，看到人際關係、愛恨、理性、財產，全在眼前付諸一炬。當時他們並非與烈火對抗。他們是與人際關係、愛恨、理性、財產在對抗。當時他們好比遭遇船難的船員，被賜予一個條件，那就是為了一個人的生存，可以殺了另一個人。為了救愛人而死的男子，並非遭烈火奪命，而是被愛人殺害；為了救孩子而死的母親，正是被自己的孩子所殺。在那裡展開交戰的，可能是人類前所未有、很普遍也很根本的各種條件。

我從他們身上看到那齣驚人的戲在人類臉上留下的疲憊痕跡。某個熾熱的確信朝我迸發。雖只是短短的幾瞬間，但我感到心中與人類的根本條件有關的不安，已完全被抹除。胸中充塞著想放聲大喊的念頭。

倘若我再多一些內省能力、再多點睿智，或許就能深入思索這些條件。但滑稽的是，一種夢想的熱情讓我將手環向園子的身軀。或許就連這樣的小動作也在告訴我，愛這種稱呼已算不了什麼。我們就一直維持這樣，走在他們一行人前面，快步通過那座黑暗的橋。園子也同樣不發一語。

——然而，當我們在亮得出奇的省線電車車廂內會合，目光交會時，我發現園子看我的眼神，就像被逼急了似的，散發出柔和的黑色光輝。

轉乘都內環狀線後，車上乘客有九成都是災民。這裡充斥著更明顯的火焰氣味。人們高聲談論，甚至該說是語帶誇耀地聊起自己剛才經歷的苦難。他們是如假包換的「革命」群眾。因為這些群眾擁有光輝耀眼的不滿、盈滿胸臆的不滿，意氣昂揚、滿心歡騰的不滿。

我獨自在S車站與他們告別。我已將手提包交還她手中。我走在返家的漆黑道路上，多次想到自己手中已沒拿那個手提包。這時，我明白那個手提包在我們兩人之間發揮了什麼功能。那算是個苦差事。為了不讓我的良心過度高升，總是需要一個重物壓著，換個說法，需要有這樣的苦差事。

家人以平靜的表情迎我進門。雖說一樣是東京，但東京畢竟占地遼闊。

兩、三天後，我帶著答應要借園子的書去草野家。在這種情況下，一名二十一歲的男子為十九歲少女挑選的小說，就算沒列出書名，應該也大致猜得出來。自己正在做一般人會做的事，這樣的喜悅對我來說相當特別。剛好園子出門到附近一趟，很快就回來，所以我在客廳等她返家。

這段時間，早春的天空像灰水般布滿烏雲，猛然下起雨來。園子似乎在途中遇上了雨，頭髮到處閃動著水滴的亮光，走進昏暗的客廳裡。她聳著肩坐向長椅的幽暗角落。嘴角帶著笑意。在昏暗中浮現出紅夾克裡的渾圓胸部。

我們兩人的交談，竟然是如此戰戰兢兢、少言寡語。這兩人獨處的機會，對我們來說都是第一次。先前那趟旅程、我們兩人在前去的火車上展開輕鬆的交談，我明白當中有八九成是拜隔壁那位多話的大叔以及她妹妹之賜。就連先前在紙上寫下一行情話交給她的勇氣，今天也都消失得無影無蹤。我今天變得比先前謙虛許多。我只要放任自己不管，就有可能變得誠實，也就是說，我並不害怕在她面前變成這樣。難道我忘了演戲？忘了以正常人的模樣談戀愛的演技？到底是不是這樣呢？我覺得自己似乎完全不愛這名青春的少女。這麼一來，我又覺得舒坦自在多了。

驟雨停歇，夕陽晚照射進屋內。

園子的眼睛和嘴唇閃著光輝。她的美被解讀成我自身的無力感，加諸在我身上。如此一來，這份痛苦反而令她的存在顯得虛無。

「我們也一樣。」我開口說道。「不知道能活到什麼時候。假設現在響起警報，那臺飛機上可能就載著會直接命中我們的炸彈呢。」

「那有多好啊。」她將蘇格蘭條紋短裙上的皺褶折疊在一起，以此把玩著。當她如此回答，抬起臉時，微細的汗毛散發光芒，在她臉頰外圍形成光圈。「怎麼說好呢……如果飛機無聲地飛來，在我們這樣坐著閒聊時投下炸彈……你會不會這麼想？」

連說這句話的園子自己也沒發現，這是她愛的告白。

「嗯……我也是這麼想。」

我煞有其事地回答道。這個回答是如何在我心中深邃的願望扎根，園子無從得知。但仔細一想，這樣的對話實在滑稽之至。如果是在太平時代，這是唯有在兩人相愛的情況下才會有的對話。

「生離死別，真是夠了。」我以嘲諷的口吻來掩飾難為情。「妳不會時常有這種感覺嗎？在這種時代，離別可說是家常便飯，相見反而才是奇蹟呢，我們能像這樣聊上數十分鐘，仔細想想，或許已可稱得上是奇蹟。」

「嗯，我也是……」她顯得欲言又止。接著她以無比正經，但又平靜的口吻道：「才剛和你見到面，我們就要各奔東西了。我祖母正忙著疏散避難。前天一回到家，她馬上打電報給家住N縣某村的伯母。結果今天早上，伯母便打了通長途電話回覆。因為電報上寫的是『幫忙找房子』，伯母回覆說，現在就算要找也找不到了，就到我家住吧。伯母還說，這樣比較熱鬧，她也開心。祖母還很性急地跟伯母說，這兩、三天便會前去拜訪。」

我並未隨口附和。我內心所受的打擊，連我自己也感到吃驚。不知不覺間，我因為心靈平靜而產生了錯覺，誤以為一切都會維持這樣的狀態，我們兩人會就此度過緊緊相伴的歲月。就更深一層的含意來說，這是我的雙重錯覺。她宣告別離的這番話，告知了相聚的此刻是多麼虛幻不實，並揭露這不過是喜悅的假象，她令我以為這會是永遠的幼稚錯覺，就此破滅，同時也令我醒悟，就算沒有這樣的別離到來，男女的關係也無法一直亙久不變，就此又使我的另一個錯覺破滅。我因胸口苦悶而清醒。為什麼不能一直維持這樣呢？從我少年時代便不知問過幾百遍的問題，再度來到我嘴邊。為什麼非得破壞一切、改變一切、將一切託付於流離中不可？為什麼我們皆被賦予這種怪異的義務呢？這種令人極度不悅的義務，就是世人所說的「生」嗎？只有我一個人將它視為義務，不是嗎？至少可以確定，只有我認為這項義務是個重擔。

「嗯，妳要走啦……這也是理所當然的結果，因為就算妳待在這裡，我再過不久也得離去……」

「去哪兒？」

「從三月底或四月初起，我又得住進某個工廠裡。」

「遇到空襲的話，不是很危險嗎？」

「沒錯，是很危險。」

我自暴自棄地應道，就此匆匆告辭。

——隔天，我因為擺脫了非愛她不可的義務，一整天都沉浸在這樣的放鬆感中，一會兒朗聲高歌，一會兒將那可恨的六法全書踢飛，無比開朗。

這種奇妙的樂天狀態，持續了一整天。然後我像孩子般沉沉入睡。接著，深夜的警報聲響起，打破我的睡夢。我們一家人邊發牢騷邊躲進防空壕裡，但什麼事也沒發生，旋即傳來解除警報的聲響。在防空壕裡打盹的我，肩上掛著鋼盔和水壺，最後一個走上地面。

一九四五年的冬天一直糾纏不休。儘管春天像豹子般踩著悄然無聲的腳步到來，冬天卻還像柵欄般，幽暗且頑固地阻擋在前頭。星光仍帶有寒冰的輝耀。

在為星空鑲邊的常青樹樹叢中央，我惺忪的睡眼看出幾顆透著暖意的星星。銳利的夜氣混雜在我的呼吸中。我突然發現，我深愛著園子，不能和她一同生活的世界，對我來說根本就一文不值，這觀念占據了我。我內心有個聲音告訴我，能忘的事就忘掉吧。接著，就像之前清晨在月臺上看到園子現身時一樣，那令我存在的根基為之撼動的悲傷，宛如已久候難耐地湧上心頭。

我感到坐立難安，不住跺腳。

儘管如此，我還是又忍了一天。

第三天傍晚時分，我再度前往探訪園子。大門前一名工匠模樣的男子正在打包行李。像是衣物箱的東西擺在沙地上，以草蓆包裹，外頭綁上粗繩。我看著，不安起來。

出現在大門口的是園子的祖母。祖母身後是已經打包完畢，正準備要搬出的堆疊行李，大廳裡滿是稻草屑。見祖母流露出不知所措的神情，我下定決心，不見園子最後一面，這就馬上離開。

「請將這本書交給園子小姐。」

我像書店裡送書的夥計般，遞出兩、三本淺顯易懂的小說。

「常受你關照，真是不敢當。」——祖母沒有要叫園子出來的意思，如此說道。「我們決定明晚動身前往某村。由於一切進行順利，沒想到這麼快就能啟程了。這房子將會出租給T先生，充作T先生公司的宿舍。真的很不捨。你願意與我們親近，我的孫女們都很高興。日後也請到某村來玩。等一切安頓好了，我會再捎信給你，有空記得來坐。」

這位善於社交的祖母所說的客套話，我聽了並未感到不悅。不過，就像她那過於整齊的假牙一樣，她這番話不過是不帶情感的詞藻堆砌罷了。

「祝你們闔府平安。」

我只能說這麼一句。我無法說出園子的名字。這時，就像是被我的躊躇給引來般，園子的身影出現在屋內的樓梯間上。她一隻手拎著裝帽子的大紙箱，另一隻手捧著五、六本書。在高處窗戶落下的光線中，她的頭髮猶如著火般明亮。一看到我，她以令祖母大吃一驚的聲音喊道：

「請等一下。」

接著她發出沒半點女人樣的腳步聲，朝二樓奔去。我望著一臉吃驚的祖母，頗為得意。祖母向我道歉，說家裡堆滿行李，沒地方可以招待我坐，就這麼匆匆走進屋內。

不久，園子紅著臉跑下來，來到佇立於大門角落的我面前，不發一語地穿好鞋站起身，說要送我走一段路。她那命令般的高亢音調，有股令我感動的力量。我笨拙地把玩著制服帽，定睛凝視她的動作，卻感覺心裡彷彿有個東西猛然停下腳步。我們緊挨著身子走出門外，不發一語地走在往下通往外門的石子路上。這時園子突然停步，重新綁好鞋帶。她花了不少時間，於是我走到外門前，望著眼前的大路等她。我不懂十九歲少女那可愛的花招。她必須讓我走在前頭。

突然間，她的胸部從後方撞向我穿著制服的右臂。這就像車禍，是偶然在某種恍惚狀態下造成的衝撞。

「……這個……」

西式信封堅硬的邊角刺向我的手掌。我差點就要像掐死小鳥般，將那封信捏成一團。那封信的重量教人難以置信。我瞄了一眼那擺在我掌中、很有女學生風格的信封，就像在看什麼不該看的東西。

「待會兒……等你回去後再看吧。」

她就像有人搔她癢般，以喘不過氣來的微弱聲音低語道。我開口問：

「回信要寄到哪兒？」

「裡頭……都寫到了……某村的地址。請寄到那兒。」

此事說來也奇怪，對我來說，別離突然成了一種樂趣。就像在玩捉迷藏，當鬼的人開始數數，眾人往各自不同的方向散去時一樣，這樂趣有點雷同。什麼事都有辦法樂在其中，這就是我奇特的天分。拜此不正經的天分之賜，我的怯懦連自己看了都常誤認為是勇氣。但這種天分可說是對人生不做任何選擇的人所換得的甜蜜補償。

我們在車站的驗票口道別，連手都沒握。

有生以來第一次收到情書，我喜不自勝。我等不及回到家，也不顧周遭人的目光，直接在電車內便拆封。打開一看，許多剪紙卡片、基督學院學生會喜歡的外國彩色圖卡，幾乎快要從信封裡滿出。當中有一張折好的藍色信紙，在迪士尼的狼和小孩的漫畫底下，以工整的字跡寫著這樣的內容。

蒙你借書供我拜讀，感激不盡。託你的福，我讀得津津有味。誠心祈求你在空襲下依舊一切安好。等到了那邊安頓好後，我會再寫信給你。住址是——縣——郡——村——番地。隨信附上一些小玩意兒，充當薄禮，尚請笑納。

這算是哪門子情書啊。我原先喜不自勝的心情頓時跌落谷底，臉色轉為蒼白，笑了幾聲。心想，誰要回妳信啊。這樣根本就像是對印製的感謝函做千篇一律的回信。

不過，在我返抵家門前的這三、四十分鐘裡，一開始想要回信的念頭，逐漸為我最初「喜不自勝的狀態」辯解。我很快便想到，在園子家那樣的家庭教育下，她不可能學會怎麼寫情書。由於是第一次寫信給男性，她在寫信時，腦中肯定浮現過各種想法，因而猶豫不敢下筆。因為她當時的一舉一動，已確實訴說了比這種毫無內容的書信更多的內容。

驀地，來自它處的怒火深深將我攫獲。我再度拿六法全書出氣，將它砸向房間的牆壁。

多窩囊啊，我如此責備自己。面對一位十九歲的女孩，竟然一臉渴望地等著對方主動迷戀你。為什麼不自己採取更積極的攻勢？我知道你之所以躊躇不前，在於你那怪異且莫名其妙的不安。既是這樣，你又為何去拜訪她呢？你不妨回頭看看自己，你十五歲時，也是過著符合你那個年紀的生活。十七歲時，也算是能和人平起平坐。但現在二十一歲的你又是如何？你朋友說你二十歲便會喪命的預言，至今仍未成真，而你想要戰死的期望也姑且算是破滅了。好不容易活到這把年紀，竟和一個什麼都不懂的十九歲少女初戀，不知如何自處。啐，好驚人的成長啊。都二十一歲了，才第一次和人情書往來，你在年月的計算上可沒搞錯吧？還有，你都這把年紀了，竟然還不知道接吻是什麼滋味。你這個留級的小鬼！

接著，又一個陰沉的執拗聲音在嘲笑我。那聲音帶有一股熱切的真誠，同時有一種令我感到陌生的人味。聲音像這樣接連傳來——愛是吧？那也好。不過，你對女人有慾望嗎？只因為你唯獨對她不會有「低俗的渴求」，仗著這樣的自我欺瞞，你想忘了過去對女人從不曾懷有「低俗渴求」的自己對吧？話說回來，你有用「低俗」這形容詞的資格嗎？你可曾興起想看女人裸體的渴求？可曾想像過園子的裸體？像你這個年紀的男人，每次看到年輕的女人時，便忍不住想像她們裸體的模樣，這是再清楚不過的道理，用你擅長的類推，應該是想像得到才對。為什麼我會這樣說，你不妨問問你自己的良心。只要略微修正一下，不就能展開類推嗎？昨天你在入睡前，不是老毛病又犯了嗎？如果說那就像祈禱，倒是無所謂。一個小小的邪教儀式，每個人都忍不住會做的事。代用品使用慣了，用起來感覺也不壞。尤其它是有立竿見影功效的安眠藥。不過，這時你心頭浮現的絕不會是園子對吧。總之，那是古怪離奇的幻影，而在一旁觀看的你，每次總會心驚膽跳。白天時你走在街上，總是緊盯著那些年輕的士兵或海軍瞧。那些是正值你喜歡的年紀、曬得一身黝黑膚色、肚子裡沒半點墨水、嘴型仍透著青澀的年輕小夥子。你的雙眼一看到這些年輕人，馬上便打量起對方的身軀。你是打算法學院畢業後要當裁縫師是吧。那些年約二十、腦袋空空的年輕人，像幼獅般苗條的身軀，是你的最愛。昨天一整天，有多少名這樣的年輕人在你心中被想像成赤裸的模樣呢？你在心中備有像植物採集盒般的東西，採集了幾名年輕壯丁的裸體帶回家中，然後從中挑選邪教儀式的供品。選出一名你中意的對象。接下來可就令人吃驚了。你將供品帶往奇怪的六角柱旁，以暗藏的繩索將這名裸體的供品反手綁在柱子上。充分的抵抗和叫喊是不可或缺。然後你對供品做出親暱的死亡暗示。一道不可思議的天真微笑浮現在你嘴角，令你從口袋裡取出鋒利的小刀。你靠近供品，以刀尖搔弄他緊實的側腹皮膚，加以愛撫。供品發出絕望的叫喊，扭身想避開刀子，恐懼的心跳聲又急又響，赤裸的雙腿不住顫抖、膝蓋相互撞擊；刀子沒入他的側腹。當然是你下的手。供品往後仰身，形成弓形，發出孤獨且悲慘的叫喊，被刺中的腹部肌肉痙攣。刀子宛如入鞘般冷靜，掩埋在起伏不定的肌肉中。血泉湧出，冒出氣泡，流向光滑的大腿。

你的歡喜在這一刻明確帶有人味。因為你固定觀念下的正常性，在這瞬間真正歸你所有。不管對象是誰，你都是從肉體的深處發情，在發情的正常性方面，你和其他男人毫無二致。你的內心因充滿原始的苦惱而撼動。野蠻人強烈的歡喜，從你心中甦醒；你的雙眼閃耀光輝、全身熱血沸騰，而蠻族擁有的生靈萬物的展現力，正充盈你全身。在射精後，野蠻的贊歌餘溫仍留存體內，那如同男女交合之後的悲傷不會向你襲來。你因放蕩的孤獨而散發光輝。在古老且巨大的記憶之河中，你隨波蕩漾良久。蠻族的生命力嘗到極致的感動，那記憶在偶然的機緣下，完全占領你的性功能和快感。你如此孜孜矻矻，想要偽裝什麼？不時能像這樣對人類的存在感受到強烈歡喜的你，竟然會需要愛情、精神這類玩意，實在令人不解。

乾脆這麼做，你看如何？要不要在園子面前公開你那離經叛道的學士論文呢？那是名為《Ephebe之軀幹曲線與血流量之函數關係探討》的高深論文。換言之，你所選擇的軀幹都是平滑、柔韌、充實，當血流流落其上，會畫出最美妙的曲線、青春洋溢的軀幹。會在漂落的血水上，呈現出最美的自然花紋（就像不經意貫穿原野的小河，或是被鋸斷的古老巨樹所呈現的木紋）的軀幹。是這樣沒錯吧？

——一定是這樣沒錯。

話雖如此，我的自省力就像將一張細長的紙片彎曲、頭尾兩端黏在一起所形成的圓圈，擁有無從揣測的構造。以為是正面、卻是反面，料想是背面，結果卻是正面。日後這樣的週期雖然變得緩慢，但我二十一歲時的感情週期軌道卻是飛快繞圈，令人眼花繚亂，它的繞圈速度拜戰爭末期慌忙的結束感所賜，快得令人頭暈目眩。不論是原因、結果、矛盾，還是對立，都無暇一一介入。矛盾始終維持其矛盾，以眼睛跟不上的速度飛快掠過。

一個小時後，我腦中只想到要在回覆園子的信中寫下什麼巧妙的內容。

……就這樣，又到了櫻花盛開的時節。沒人有空踏青賞櫻。我想，能欣賞東京櫻花的，就只有我們這所大學學院的學生了。從大學返家的路上，我常獨自一人，或是和三兩好友漫步於S池畔。

櫻花的豔麗，美得教人難以置信。堪稱是鮮花衣裳的紅白布幕、茶館裡熱鬧的賞花群眾、氣球小販、風車小販，全都不見蹤影，所以這些在常綠樹中盡情綻放的櫻花，感覺像是赤裸裸呈現在人們面前。大自然不求回報的奉獻、大自然無益的揮霍，都不曾像今年春天這般美豔誘人。彷彿大自然再次征服大地，令我感到一股不悅的疑惑，因為今年的華麗非比尋常。油菜花的黃、青草的綠、櫻花樹幹鮮嫩的黑、籠罩樹梢上的沉重花團寶蓋，這一切映在我眼中，淨是充滿惡意的鮮豔色彩。這堪稱是一場色彩的火災。

我們走在成排的櫻花樹和池子間的草地上，就無聊的法律論展開爭辯。當時我很喜愛Y教授上國際法課程時的諷刺效果。在空襲下，教授一直從容講述那不知何時才會結束的國際聯盟[45]課程。我感覺像在上麻將課或西洋棋課。和平！和平！這始終都在遠方響起，如同鈴聲般的聲音，聽了只覺得像是耳鳴。

「這是和物權請求權的絕對性有關的問題。」

A是個鄉下出身的學生，他膚色黝黑、個頭高大，但因為肺浸潤相當嚴重，沒入伍服役，他提出這樣的看法。

「別再說了，無聊透了。」

臉色蒼白，一看就知道患有肺結核的B，打斷了他的話。

45 第一次世界大戰後，為了確保和平、促進國際合作，於一九二〇年根據凡爾賽條約設定，簡稱國聯。但國聯缺乏軍隊武力，未能阻止第二次世界大戰的爆發。二戰結束後，被聯合國取代。

「天空有敵機，地上有法律……哼……」我投以冷笑。「上天有光榮，地面有和平是吧。」不是真的罹患肺病的人，就只有我一個。我佯裝有心臟病。那是個必須從勛章和疾病中二選一的時代。

驀地，一陣踐踏櫻花樹下花草的聲響，令我們停下腳步。發出那腳步聲的人也望向我們，露出驚訝的表情。是一名身穿骯髒工作服、腳踩木屐的年輕男子。之所以看得出他還年輕，是因為從他戰鬥帽底下看出剃著五分頭的髮色，至於他渾濁的臉色、稀疏的鬍子、油膩的手腳、沾滿汙垢的喉嚨，呈現出與年齡無關的悲慘疲憊。男子的斜後方，一名年輕女子低著頭，像在鬧脾氣。她綁著馬尾，穿著一件卡其色的襯衫，下半身則搭上一件給人無比新鮮感的嶄新碎白花燈籠褲。鐵定是一對徵用工在幽會。他們似乎也是從工廠蹺班一天，來這裡賞花。之所以見了我們大吃一驚，應該是誤以為我們是憲兵吧。

這對情侶抬眼瞪著我們，從旁走過。之後我們便不太想再多說。

櫻花尚未完全盛開，法學院便再度停課，全體學生動員前往離S灣數里遠的海軍兵工廠。同一時間，母親和弟妹們也搬到在郊外有座小農園的伯父家疏散避難。而我東京的家中，只剩一名仍就讀中學、頗為世故的工讀男傭留下來照顧我父親。沒米的日子，工讀男傭用擂缽將煮好的大豆磨碎，煮成像嘔吐物般的豆糊，供我父親和他自己裹腹用。至於存量不多的副食品，他則是趁父親不在家時卯起來吃。

海軍兵工廠的生活很悠閒。我負責圖書館管理和掘洞的工作。和臺灣的童工們一起挖掘巨大的橫向壕溝，以供零件工廠疏散之用。這些十二、三歲的小惡魔是我最好的朋友。他們教我講臺灣話，我則是講童話故事給他們聽。他們堅信臺灣的神會保佑他們不會在空襲下喪命，有天一定能平安送他們返回故鄉。他們的食慾簡直已到了不道德的地步。一名手腳俐落的少年，趁著伙房不注意偷來米和蔬菜，倒入滿滿的機油，炒成炒飯。這道聞起來帶有齒輪氣味的炒飯，我實在敬謝不敏。

在這一個月不到的時間裡，我與園子的魚雁往返逐漸變得有其特別含意。在信中，我毫無隔閡地暢所欲言。某天上午，警報解除的警笛聲響起，返回工廠時，我看著送到我桌上的園子來信，雙手不住顫抖。我沉浸在一股微醺中。我口中一再誦念著信中的一行字。

「……我很思念你……」

她人不在此，賜給了我勇氣。距離給了我「正常」的資格。也就是說，我學會了臨時雇用的「正常」。時間的間隔，讓人的存在變得抽象化。我對園子的傾心，以及與此毫無關聯、脫離常軌的肉慾，或許都拜此抽象化所賜，以等質之物在我心中合體，讓我的存在安穩地停留在每個時刻，沒有任何矛盾。我無比自在。平日的生活說不出的快活。據聞敵人就快要在S灣登陸，朝這裡席捲而來，而我對死亡的渴求，也比以前更加強烈而且迫近。在這種狀態下，我的確「對人生充滿希望」！

在過了四月中旬的某個星期六，睽違許久，我獲准夜宿營外，便返回東京住家。我原本打算從自己的書架上取出幾本要在工廠裡看的書後，就步行前往母親他們位於郊外的住處，在那裡過夜。但在返家的電車上遭遇警報，電車時停時走，就這樣，我突然感到全身發冷。一陣天旋地轉，發熱的倦怠感傳遍全身。因為過去的多次經驗，我明白這是扁桃腺發炎的症狀。回家後，我吩咐工讀男傭鋪床，馬上躺著休息。

過了一會兒，樓下傳來熱鬧的女人說話聲，直接傳向我滾燙的額頭。接著傳來走上樓梯、快步從走廊上走來的聲響。我微微睜眼，看見大花圖案的和服下襬。

「——怎麼啦？瞧你這副窩囊樣。」

「什麼嘛，原來是千子啊。」

「這什麼口氣啊。我們整整有五年沒見了耶。」

她是一位遠房親戚的女兒，名叫千枝子，親戚間都簡單喊她千子。大我五歲，上次見面是在她的婚禮上，但聽說自從去年她丈夫戰死後，她就像精神失常似的，個性變得異常開朗。的確，照她這種開朗的程度看來，不像會說什麼悔恨的話語。我看傻了眼，沉默無語，心想：應該沒必要在頭髮別上那麼一大朵白色假花吧。

「今天我來這裡，是有事要找小達。」她說的小達是我父親達夫。「為了疏散時行李搬運的事，想請他幫忙。之前我爸爸在路上遇見小達，他說要介紹我們去一個好地方。」

「聽說我老爸今天會晚點回來。這件事是無所謂啦……」她的唇色實在過紅，我看了有點不安。不知是不是發燒的緣故，她的口紅令我備感刺眼，我感到頭痛加劇。「倒是妳……現在這個時局，妳這樣濃妝豔抹在外頭四處走，不會被人說閒話嗎？」

「你已經到了會在意女人化妝的年紀啦？你這樣躺著，看起來像是才剛斷奶不久呢。」

「真囉嗦，閃一邊去吧妳。」

她故意靠過來。我不想讓她看到我穿睡衣的模樣，於是把棉被拉到下巴處。她突然把手伸向我額頭。那刺人的冰冷來得正是時候，令我感動。

「好燙呢。量過體溫了嗎？」

「剛好三十九度。」

「需要冰塊降溫。」

「哪來的冰塊啊。」

「我幫你想辦法。」

千枝子讓雙手的衣袖相互拍打，一臉欣喜地走下樓。旋即又走了上來，以平靜的神情坐下。

「我叫那個男孩去拿了。」

「謝謝。」

我望向天花板。她拿起我枕邊的書時，冰涼的絲綢衣袖掠過我臉頰。我突然很想要她那冰涼的衣袖。本想請她將衣袖擱在我額頭上，最後還是作罷。房內開始變暗。

「這個跑腿的，動作真慢。」

發燒的病人，對時間的感覺無比精準，近乎病態。千枝子說這樣「慢」，但我覺得還算太早。過了兩、三分鐘後，她又說道：

「真是慢。那孩子在搞什麼啊。」

「這樣不算慢！」

我神經質地吼道。

「真可憐，等得很急躁對吧。那你把眼睛閉上吧。不要擺出這麼可怕的眼神，一直瞪著天花板嘛。」

我一閉上眼，便覺得眼皮裡蓄滿了熱，無比難受。驀地，我感覺有東西觸碰我的額頭。同時微微有股氣息輕觸我額頭。我把額頭移開，無意義地呼了口氣。接著，那股氣息開始夾雜著異樣的熱氣，我的嘴唇突然被某個油膩的東西給封住。發出牙齒碰撞的聲音。我害怕地睜開眼睛看。不久，一雙冰冷的手掌牢牢夾住我的臉頰。

當千枝子移開身子後，我也坐起身。我們兩人在昏黃的光線下對望。千枝子的姊妹都是淫蕩的女人。明顯看得出來，同樣的血脈也在她體內燃燒。但是那燃燒之物，與我生病的熱，因一種難以言喻的奇妙親近感而結合。我完全起身，對她說「再來一次」。在工讀男傭回來前，我們一直在接吻。她一再對我說「就只有接吻哦，就只有接吻哦」。

——我不知道這樣的接吻是否帶有肉慾。不管怎樣，第一次的經驗本身就是一種肉慾，所以這種情況下或許不需要加以區別。就算從我的陶醉感中抽離那舊有的觀念性要素，一樣沒用。重要的是，我已成了「懂得接吻滋味的男人」。就像在外頭有人請吃點心，馬上就會想到「真想也讓我妹妹吃」，很懂得照顧妹妹的男孩那樣，我與千枝子緊緊相擁，腦中一直想著園子。之後我腦中想的事，全集中在與園子接吻的幻想上頭。這是我所犯下的第一個、同時也是最嚴重的失算。

不管怎樣，我對園子的思念，漸漸讓這最初的體驗變得醜惡。隔天接到千枝子打來的電話，我騙她說明天就要回工廠。我沒遵守要和她幽會的約定。這不自然的冷淡，是因為初吻並沒帶給我快感，但我對這個事實視而不見，試著讓自己相信，我是因為深愛園子，才對此感到醜惡。這是第一次我利用對園子的愛，當成自己的藉口。

就像初戀的少年少女般，我和園子交換了照片。她來信提到她將我的照片放進吊墜裡，掛在胸前。但園子寄來的照片，大小只能放在公事包裡。連衣服內側口袋也放不下，所以我都折好放進包袱裡，隨身攜帶。想到我不在工廠時，有可能會遭遇火災，所以我回家時也都帶著。有回夜裡我回兵工廠時，電車上突然警報大作，立即熄燈，接著展開避難。我摸索著從行李網架上找尋。但我那放照片的包袱，連同用來裝它的大包袱一起被偷走。我生來迷信。打從那天起，「得早點見到園子才行」的不安感，便一直追逐著我。

五月二十四日晚上的空襲，像三月九日夜半的那場空襲一樣決定了我的未來。我和園子之間可能就需要這種彷彿從眾多不幸中釋放出的瘴氣，就像某種化合物需要硫酸當媒介。

在原野與丘陵交接處，掘出無數個橫向壕溝，我藏身其中，望見東京的天空燒得一片赤紅。不時引發的爆炸映照在天空上，從浮雲間露出藍得令人難以置信的晴空。在半夜出現短暫的藍天。無力的探照燈就像在迎接敵機前來，屢屢在它微光組成的十字中出現敵機機翼的亮光，接著將光束的接力棒遞交給下一個靠近東京的探照燈，親切地扮演引導的角色。高射炮的炮擊近來也變得稀稀落落。B29轟炸機輕輕鬆鬆便來到東京上空。

從這裡真的能分辨在東京上空展開空戰的敵我雙方嗎？儘管如此，在鮮紅的背景下，只要看到有飛機被擊落的影子，看熱鬧的群眾便齊聲喝采。其中尤以那群童工最為喧鬧。他們從各處的橫向壕溝發出像在劇場裡的拍手和歡呼聲。在這裡遙望，我認為不論墜落的飛機是敵方還是我方，本質上都沒有太大不同。戰爭就是這麼回事。

——隔天早上，我踩過仍在悶燒的枕木，走過以燒掉一半的窄細木板架在其上的鐵橋、停駛的私營鐵路路線，有一半路程我全靠徒步，就這麼走回家，發現只有我家附近從戰火中倖存。剛好才回家裡過夜的母親和弟妹們，在昨天一整晚的火光照耀下，反而顯得精神奕奕。為了慶祝躲過戰火，我們從地下掘出罐裝的羊羹，一起享用。

「哥，你愛上誰了對吧？」

我那今年十七、個性輕佻的妹妹走進我房間，如此說道。

「這話誰說的？」

「我看就知道了。」

「我有喜歡的對象不行嗎？」

「不。你什麼時候要結婚？」

——我為之一驚。感覺就像通緝犯聽到一名什麼都不知道的人偶然提起和他犯罪有關的事。

「我才不結婚呢。」

「真不道德。打從一開始就不打算結婚，卻還愛上人家是嗎？真受不了，你們男人還真壞。」

「妳再不離開，小心我用墨水潑妳哦。」——待只剩我獨自一人時，我反覆說道。「對哦，這世上還有結婚這件事。還有生孩子。我怎麼忘了這件事呢。就算不是，至少也是假裝忘記吧。這只是我自己產生錯覺，以為就連結婚這種微不足道的幸福，也會因為戰況變得激烈而無法存在。事實上，結婚對我來說，或許是極為重大的幸福。重大到令我全身寒毛直豎……」這樣的想法，促成我做出矛盾的決心，那就是這幾天我非見園子一面不可。這就是愛嗎？也許這是當某種不安存在於我們心中時，以怪異的熱情形態顯現在我們身上、類似「對不安的好奇」之類的吧？

園子以及她的祖母和母親多次來信邀我前往作客。我寫信告訴園子，要到她伯母家過夜，我會感到不自在，所以請幫我找家旅館。於是她到村裡的每家旅館打聽。結果不是已改為政府機關，便是裡頭軟禁著德國人，根本無法住宿。

旅館──我展開幻想。我從少年時代便開始的幻想，藉由它而實現。那同時也是我沉迷愛情小說所帶來的不良影響。經這麼一提才想到，我對事物的看法，往往帶有唐吉訶德的風格。騎士故事的愛好者，在唐吉訶德的時代為數眾多。不過，想要那麼徹底地受騎士故事毒害，本身就必須是一位唐吉訶德。我的情況也是如此。

旅館。密室。鑰匙。窗簾。溫柔的抵抗。戰鬥開始的意見一致……唯有這個時候，我應該有可能辦到。就像來自上天的靈感般，這一切的正常性，應該也會在我身上燃起。就像邪魔附身般，我應該能脫胎換骨、變成另一個人，一個正常的男人。唯有這時候，我應該能毫無顧忌地擁園子入懷，傾全力去愛她；我的疑惑與不安全部拭除，我應該能發自內心地說一句「我愛妳」。從那天起，我應該能走在遭受空襲的街道，大聲喊道「她是我的愛人」。

愛幻想的個性，對精神作用瀰漫著一種微妙的不信任感。它往往會導向夢想這種不道德的行為。夢想並不像人們所想的，是一種精神作用，它反而是對精神的一種逃避。

——然而，關於旅館的夢想，就前提來說，終究還是沒能實現。這村莊的旅館，最後沒有一家能提供住宿，於是園子再次寫信請我在她伯母家過夜。我回信表示同意。一股像疲勞般的安心感將我攫獲。就算是我，也不想將這種安心感曲解為死心。

我於六月十二日出發。海軍兵工廠全體陷入自暴自棄的氣氛中。只要是為了放假，不管什麼藉口都可能用上。

火車裡既骯髒又空蕩。為什麼對戰爭期間的火車記憶（除了那次快樂的例子），淨是這些難堪的過往呢？此刻我也像個孩子般，受那難堪的固定觀念折磨，隨著火車顛簸。我打算在和園子親吻之前，絕不離開那個村莊。但相較於人類在和自己的慾望所產生的退縮念頭對抗時、那充滿矜持的決心，這完全是截然不同的另一回事。我感覺就像去行竊，像是個受老大逼迫、百般不願地前去偷竊的怯懦小弟。有人深愛著我的這種幸福，刺向我的良心。我所追求的，或許是更具決定性的不幸。

園子向她伯母介紹我。我竭盡所能地裝模作樣。感覺大家都在暗地裡說——「園子怎麼會看上這樣的男人？怎麼會有臉色這麼蒼白的大學生？這種男人到底哪裡好？」

因為有想博得眾人好感的特別意識，我沒採取先前那次在火車上的排他性行為。我替園子的小妹們指導英文功課，聽祖母聊她在柏林時的往事。奇怪的是，我這麼做之後，覺得與園子變得更加親近了。我多次當著她祖母和母親的面，大膽地和她相互眨眼；用餐時，我們的腳在餐桌底下互相碰觸。她也逐漸愛上這樣的遊戲，當我開始對祖母那又臭又長的故事感到乏味，她靠向烏雲濃重、綠葉繁茂的窗邊，從祖母身後、以只有我才看得到的角度，用手指拈起胸前的吊墜晃動。

半月形的衣領區隔出她前胸一塊白淨的肌膚。白得令人振奮！這時她流露的微笑，感覺得出染紅茱麗葉雙頰的「淫蕩之血」。帶有一種唯有處女才相襯的淫蕩。這不同於成熟女人的淫蕩，它像微風，引人無酒自醉。這也是一種可愛的低俗嗜好，就像喜歡給嬰兒搔癢那樣。

就在這一刻，我突然對這樣的幸福感到沉醉。我已有許久不曾接近過幸福這個禁果。但此刻它以悲戚的執拗誘惑我。我感覺園子如深淵般深邃。

就這樣，再過兩天我就非得回海軍兵工廠不可了。我還沒達成給自己下達的親吻任務。雨季的綿綿細雨籠罩著高原一帶。我借了輛腳踏車去郵局寄信。園子為了躲避被徵調去服雜役，在政府機關工作，現在正是她下午蹺班返回的時刻，我們先前已約好在郵局碰頭。在細雨下溼透的生鏽鐵絲網內，空無一人的網球場顯得格外冷清。騎著腳踏車的德國少年，那淋溼的金髮和白皙的手閃動著亮光，與我的腳踏車擦身而過。

在模樣古樸的郵局裡，我等了幾分鐘，戶外微微轉為明亮。雨停了。短暫的晴天，亦即所謂的吊人胃口的晴天。雲未完全散開，就只是發出白金色的亮光。

園子的腳踏車就停在玻璃門外。她胸口不住喘息，淋溼的肩膀上下起伏，但在她健康的紅潤臉頰下透著微笑。「就是現在，快上！」我感覺自己好比一隻受唆使的獵犬，這樣的義務觀念，猶如惡魔的命令。跳上腳踏車後，我和園子並肩穿過村裡的主幹道。

我們從冷杉、楓樹、白樺樹的樹林間急馳而過。群樹滴落明亮的水珠。她隨風飄揚的秀髮美不勝收。結實的大腿暢快地踩著踏板。看起來就像是「生命」的化身。穿過如今已荒廢的高爾夫球場入口後，我們下車，沿著高爾夫球場走在濡溼的小徑上。

我像新兵一樣緊張。那裡樹木林立，底下的樹蔭正合適，離這裡約五十步遠。前二十步先找些話題和她聊。必須先化解她的緊張。再來的三十步，只要聊些無足輕重的話題即可。五十步到了。這時要把停車架架好，接著欣賞山林景致。那時把手搭在她肩上，柔聲道「能像這樣，簡直跟作夢似的」。她會隨口回應。這時要朝搭在她肩上的手使力，讓她身體轉向我面前。要領和之前跟千枝子接吻的時候沒有兩樣。

我立誓要忠於演出。當中沒有愛，也沒慾望。

園子就在我的臂彎中。她呼吸急促，雙頰羞紅猶如著火，緊閉著雙眼。她的唇形稚嫩好看，但依舊沒能激起我的慾望。然而，我對眼前的分分秒秒都充滿期待。接吻時，我的正常、我那真實無偽的愛，或許會出現。機器一路往前挺進，沒人有辦法阻擋。

我與她的唇四片交接。經過了一秒，沒任何快感。經過兩秒，還是一樣。經過三秒，我頓時曉悟一切。

我放開園子的身軀，眼神悲哀地望向她。她要是這時看著我的雙眼，應該能看出一種難以言明的愛的表示。這樣的愛對人類來說，是否真的能夠辦到，沒人能夠斷言。但她已被害羞和純潔的滿足所擊倒，像人偶般垂眼望著地面。

我不發一語，像在伺候病人般執起她的手，走向腳踏車。

我得逃離。得早點逃離才行。我備感焦慮。為了不讓人發現我悶悶不樂的神情，我佯裝比平時更開朗。晚餐時，我那看來幸福洋溢的模樣，與園子那任誰都看得出的恍惚狀態，透露出再清楚不過的暗示，這反而使我陷入不利的局面。

園子看起來比平時更顯嬌豔。她的容貌原本就很像故事裡的人物，帶有在故事中登場的懷春少女風情。而親眼目睹她那堅定的少女情懷，我就算再怎麼佯裝開朗，也很清楚自己沒資格擁抱如此美麗的靈魂，說話也變得吞吞吐吐，於是她母親開口詢問我是否身體不適。園子很可愛地以為自己明白一切，為了替我打氣，她再度晃起胸前的吊墜，對我做出「不用擔心」的暗語。我不禁莞爾。

大人們見我們旁若無人地相視而笑，個個露出驚訝不解的神情。這些大人的表情，是從我們的未來中看到了什麼？想到這點，我不禁又戰慄起來。

隔天，我們兩人再度來到高爾夫球場的同一處地方。我看出昨天我們兩人遺留的痕跡，一處被踐踏過的黃色野菊花叢。那處花叢，今天已經乾枯。

習慣這東西委實可怕。事後令我痛苦不堪的親吻，我又做了一次。不過，這次就像是對妹妹的親吻。結果這次的接吻反而散發出一種不道德之感。

「下次什麼時候能再和你見面？」園子問。「這個嘛，只要美軍沒從我所在的地方登陸的話，」我回答道。「再過一個月左右，我就能休假。」我如此期望。這不光是期望，而是近乎迷信的確信，確信在這一個月內，美軍將從S灣登陸，我們將以學生兵的身分被發配戰場，全數戰死。不然就是有顆誰也料想不到的巨大炸彈，不論我人在何處，都會將我炸死——我或許是剛好預見了原子彈吧。

接下來，我們走往向陽的斜坡。兩棵白樺樹就像一對心地善良的姊妹，樹影落向斜坡。低頭走著的園子開口道：

「下次見面時，你會帶什麼樣的禮物給我？」

「說到我現在能帶來的禮物……」我因內心痛苦，只能裝蒜道：「就只有送妳做失敗的飛機、沾滿泥巴的圓鍬這類東西。」

「我指的不是有形的東西。」

「不然會是什麼呢？」——我繼續裝蒜，被逼入絕境。「這可是個大難題呢。在回程的火車上，我再來好好想想。」

「嗯，請你好好想。」——她以莫名帶有威嚴和穩重的聲音說道。「你保證下次一定會帶禮物來給我哦。」

「保證」這兩個字，園子講得特別用力，我勢必得用虛張聲勢的爽朗態度來自保。

好，那就來打勾勾吧——我狂妄地說道。就這樣，我們看起來像是一派天真地打勾勾，但兒時感受到的恐懼立刻從我心頭浮現。據說打勾勾後要是違背承諾，那根手指便會潰爛，它在我兒時的心靈留下恐懼的陰影。園子所說的禮物，雖然沒說白，但明顯指的是「求婚」，所以那並非我無來由的恐懼。我的恐懼，是夜裡不敢自己一個人去上廁所的小孩，對周遭所感受到的強烈恐懼。

那天晚上我即將就寢時，園子來到我寢室門口，用簾幕半裹著身子，以嬌嗔的口吻希望我再多待一天時，我在床鋪上一臉錯愕地凝睇她。我本以為自己算計得很精準，但一開始的失算，令一切土崩瓦解，此刻我望著園子，不知該如何判斷自己的感情。

「無論如何都非回去不可嗎？」

「嗯，非回去不可。」

我根本就是愉悅地回答。那虛偽的機器又開始滑順旋轉起來。這單純只是逃離恐懼的愉悅罷了，我卻對此做了另一番解釋——這是能讓她感到焦急、一股新的權力優越感，所賜予的愉悅。

此刻，自我欺瞞成了我的救命鋼索。有傷在身的人，對於應急用的繃帶，未必會要求它要多乾淨。我希望至少能用我慣用的自我欺瞞來抑制失血，好趕往醫院。我自行將那座懶散的工廠想像成紀律嚴明的軍營。就像明天早上沒趕回去，便會被關禁閉的一座軍營。

離開的那天清晨，我靜靜望著園子，就像旅行者在眺望即將離開的眼前風景。

我明白一切都已結束。雖然我周遭人都認為一切才正要開始，我同樣也置身於周遭那和善的提防氣氛中，想藉此欺騙自己。

然而，園子那平靜的模樣令我不安。她幫我整理行囊，在屋裡四處查看，看有沒有什麼忘了帶。不久，她站在窗邊望向窗外，不再走動。今天同樣是陰天，嫩葉的翠綠特別醒目的清晨。沒現身的松鼠搖晃著樹梢，穿梭而過。園子的背影滿是安靜、天真的「等候表情」。維持這樣的表情背影不動，靜靜走出房外，與敞開櫥櫃沒關就此走出房外是一樣的，這對個性一板一眼的我來說，是無法容許的事。我走近園子，溫柔地從背後抱住她。

「你一定會再回來對吧？」

她以堅信不疑的輕鬆口吻說道。這番話聽起來，與其說是對我的信賴，不如說是對某個超越我、更為深沉的東西所抱持的信賴。園子的肩膀並未戰慄。那帶有蕾絲的胸部，略顯高傲地喘息著。

「嗯，應該會。只要我還活著的話。」

——我對說這話的自己感到噁心作嘔。因為我的年紀更加希望我採用另一種說法。

「我當然會來！我會排除萬難來與妳相會。請放心地等著我。妳是我未來的妻子，不是嗎？」

我對事物的感覺和想法，在很多方面都顯現出這樣的奇特矛盾。造成我採取「嗯，應該會」這種曖昧不明的態度，並非是我個性上的罪，而是早在個性之前的東西所造就，也就是說，不是因為我的緣故。正因為我很清楚這點，所以對多少是我所造成的部分，才會時時以近乎滑稽的一種健全、符合常理的訓誡態度來面對。作為我從少年時代便開始的自我鍛鍊的延續，像這種態度曖昧不明的人、沒男子氣概的人、好惡不明的人、不懂什麼是愛，只期望能被愛的人，我就算死也不要變成這樣。對於我所造成的部分，這是有可能發揮功效的訓誡，但對於不是我所造成的部分，打從一開始就是無理的要求。而此刻，要面對園子，像個男人般展現出清楚明確的態度，縱然我有參孫[46]的神力，也不可能辦到。而此時看在園子眼中，那透露出我個性的象徵、一個優柔寡斷的男人，激起我的嫌棄，讓我覺得自己的存在一文不值、徹底地粉碎了我的自尊心。我對自己的意志、個性失去信任，認定自己意志所執著的部分完全是假貨。但這種將重點放在意志上的想法，同時也是近似夢想的一種誇大；即使是正常人，應該也無法光靠意志行動。就算我是正常人好了，能讓我和園子幸福過結婚生活的條件，也不可能全部完備，照這樣看來，連這位正常的我恐怕也會做出「嗯，應該會」這樣的回答吧。即便面對如此淺顯易懂的假設，我還是會故意閉上眼睛、視而不見，這已成了我的習慣，就像毫不放過任何一個可以折磨我的機會般——這是無處可逃的人將自己趕往那自認是不幸的安身之所，所慣用的伎倆。

——園子以平靜的口吻說道。

46 聖經《士師記》中的人物，藉由上帝賜予的神力，曾徒手擊殺雄獅。

「放心吧。你會毫髮無傷的。我每晚都向神明祈求呢。我的祈求，一向很靈驗。」

「妳可真虔誠。可能就是這個緣故，妳看起來總是心平氣和到令人望而生畏。」

「為什麼？」

她抬起那對烏黑慧黠的眼眸。對上她那沒半點疑惑，而且純潔無瑕的詢問眼神，我慌亂得不知如何回答。她就像沉睡在安心之中，我有股想將她搖醒的衝動，結果反而是園子的雙眸將沉睡在我心中之物搖醒。

——要上學去的妹妹們前來問候。

「再見。」

小妹要求和我握手，接著就突然朝我手掌搔癢並逃往屋外，正好陽光透過稀疏的樹葉照下，留下一地樹影，她高高掄起帶有金色金屬扣的紅色便當袋。

園子的祖母和母親也來送行，這場車站上的道別顯得雲淡風輕、單純而天真。我們相互談笑，舉止輕鬆。不久，火車到站，我坐向靠窗的位子，滿心期望火車趕快啟動。

這時，有個開朗的聲音從意想不到的方向呼喚我。是園子的聲音。過去一直聽慣的這個聲音，化為遙遠而新鮮的叫喚聲，震撼我的耳朵。我確認這聲音是園子的意識，像旭日的光線般射進我心中。我望向聲音的方向。她穿過站務員進出的出入口，緊抓著連接月臺的燻木柵欄，從格子圖案的短上衣間露出許多蕾絲，隨風飄揚。她圓睜著雙眼，充滿朝氣地望著我。列車啟動。園子那略顯沉重的嘴唇，浮現欲言又止的唇形，就此從我視野中消失。

園子！園子！列車每晃動一下，她的名字就浮現我心頭一次，感覺像是什麼難以形容的神祕稱呼。園子！園子！每次聽到這名字，我的內心就遭受重擊。隨著這名字的一再叫喚，那強烈的疲憊感也愈來愈深，宛如懲罰。這種透明的痛苦特性，是無與倫比的難解之謎，連我都無法向自己說明解釋。由於它是與人類該走的情感軌道有極大偏差的一種痛苦，我連要感覺它是痛苦都有困難。真要比喻的話，就像有個人在等候明亮的正午時分鳴響午砲，但明明時間已過，午砲卻依舊沉默，不曾響起，他極力朝藍天的某處找尋那失落的砲響，就是這樣的痛苦。這也是可怕的疑惑。因為知道午砲沒在正午準時鳴響的人，全世界只有他一個。

已經結束了。已經結束了。我喃喃低語。我的嘆息就像膽小的考生得到不及格分數時發出的嘆息。完了。完蛋了。因為留下了那個X沒處理，所以才算錯。要是從那個X先解決，就不會發生這種事了。我要是盡己所能、用和大家一樣的演繹法來解人生的數學題就好了。我的小聰明是最大的敗筆。就是因為只有我一個人倚賴歸納法，才會失敗。

由於心中的紛亂太過嚴重，坐我前方的乘客一臉狐疑地打量我的神情。她們是身穿藏青色制服的紅十字女護士，以及看起來像她母親的貧窮農婦。我發現她們的視線後，朝護士望了一眼，這名臉像酸漿果一樣紅、體型肥胖的女孩，開始向她母親撒嬌，以掩飾她的靦腆。

「媽，我肚子餓了。」

「也太早了吧。」

「就真的肚子餓嘛。」

「真不聽話。」

——最後母親讓步，取出便當。裡頭菜色之窮酸，比我們在工廠吃的伙食還糟。那名護士大口嚼起那附上兩片醃黃蘿蔔、滿是地瓜的飯來。人類吃白米飯的習慣，此時看來是這般沒有意義，當真是開了眼界，我不禁揉起眼睛。不久，我從中找出原因，原來我會有這種看法，全是因為我完全喪失活下去的慾望。

那天晚上，回到位於郊外的住家安頓好後，我有生以來第一次認真考慮自殺。想著想著，逐漸感到麻煩，後來回頭一想，覺得此事著實滑稽。我先天就欠缺失敗的嗜好，而且就像秋天的豐收般，我周遭數不清的死亡：死於戰火、殉職、在戰場病死、戰死、遭車子輾死、病死，我自認我的名字應該已被預約在其中一項。死刑犯不會自殺。不管怎麼看，這都是個不適合自殺的季節。我在等候某個東西前來取我性命。但這和等候某個東西留我一條生路是一樣的情形。

回到工廠兩天後，寄來了園子熱情洋溢的書信。那是貨真價實的愛。我感到嫉妒。就像養殖珍珠對天然珍珠所感受到的一股難以忍受的嫉妒。但話說回來，面對一個深愛自己的女人，這世上有哪個男人會因她的愛而感到嫉妒嗎？

……園子和我道別後，騎著腳踏車上班去了。因為總是恍恍惚惚，同事們還問她是不是人不舒服。整理文件也曾多次出錯。她都回家吃午餐，而在重新返回公司的路上，她順道繞往高爾夫球場，在那裡停下車，望向黃色野菊仍保有踩踏痕跡的那處地方。接著望見火山的地表隨著山霧散去，帶有明亮光澤的紅褐色擴散開來，而幽暗的濃霧又從山谷冉冉而升，那兩棵模樣像一對善良姊妹的白樺樹，就像有預感似的，微微戰慄著。

——與此同一時刻，我人在火車內，面對園子的愛，正苦心思索該如何逃離我自己種下的果！……不過，有一個短暫的瞬間，我委身於可能最接近真實的可憐藉口，並感到安心。那藉口就是「正因為愛她，所以我才非逃離她不可」。

之後我多次以沒特別進展，也不顯冷淡的口吻寫信給園子。還不到一個月，草野又獲准第二次會客，她來信告訴我，草野一家人會再度前去他移往東京近郊的部隊會客。懦弱催促我前往。說來也真不可思議，我明明已下定決心要逃離園子，卻又非見她不可。與她見面後，我從忠貞不渝的她身上，看出已徹底改變的我。面對她，我連一句玩笑話也說不出口。園子、她的哥哥、祖母、母親，也僅只從我這樣的變化中看出我的耿直拘謹。草野以他平時的溫柔眼神對我說了一句話，令我全身戰慄。

「再過不久，我會對你發一份重大通牒哦。敬請期待。」

——一週後，我在休假日返回母親他們的住處時，收到了那封信。草野特有的難看筆跡，向我表達了他真實無偽的友情。

「……關於園子的事，我家裡的人都很認真看待。我被任命為全權處理此事的大使。此事說來簡單，不過我想聽聽你的心裡話。

大家都很信任你，園子就更不用提了。家母甚至已開始考慮要何時舉行婚禮呢。婚禮的事姑且不提，我認為就算現在先決定婚約日期，也不算太早。

不過話說回來，這全都是我們單方面的揣測。簡單來說，我想聽你說說自己的想法。我們家人說好了，雙方家人要見面討論，得等聽你說過之後再決定。不過，話雖如此，我可絲毫都沒有要約束你想法的意思。只要能聽你說出真心話，我也就放心了。即便你的回答是拒絕，我也絕不會怨恨或生氣，不會損及我們之間的友情。如果你的回答是同意，我當然很開心，但就算拒絕，我也絕不會感到不悅。希望你能以輕鬆的心情，誠實回答。請千萬不要基於人情做出不乾不脆的答覆。我以摯友的身分，靜候回覆。」

……我為之愕然。我想到自己在看這封信時，該不會被人看到吧，急忙環視四周。

一直以為不會發生的事，真的發生了。對於戰爭的感覺和想法，我和他們一家人有很大的落差，但先前完全沒考量到這件事。我才二十一歲，還是個學生，目前在飛機工廠工作，而且是在戰事連綿的情況下生長，我把戰爭的力量想得過於傳奇。在此激烈戰爭的悲慘結局下，人們營生的磁針全指向同一個方向。而我過去也都當自己是在談戀愛，為什麼都沒發現這點呢？我臉上泛著怪異的微笑，重新讀起那封信。

接著，那極其普遍的優越感直朝我胸口搔癢。我是個勝利者。就客觀來說，我是幸福的，沒人會責備這點。既然這樣，我也有瞧不起幸福的權利。

不安與令人難受的悲哀填滿我胸臆，但我將帶有狂妄和諷刺的微笑貼在嘴邊，心想：像這樣的小水溝，只要跳過就行了。過去這幾個月的事，不妨就當是一場鬧劇吧。打從一開始，我就沒愛過園子這樣的小丫頭，只要心裡這麼想就行了。我只是受一個微不足道的慾望所驅使（你這個說謊的傢伙！）才會欺騙她的感情。要開口拒絕婚事，根本就是小事一樁。不過就接吻罷了，才不需要負責呢——

「我根本就不愛園子！」

這結論令我滿心歡喜。

真是太棒了。沒付出真愛，一樣能誘惑女人，待對方燃起愛火後，又加以拋棄、不屑一顧，我成了這樣的男人。這樣的我，與中規中矩、重視道德的模範生相去甚遠……儘管如此，我還是心知肚明，連目的都還沒達成，便將女人拋棄，世上根本沒有這樣的好色鬼……我閉上眼，活像個頑固的中年女子，養成了遇上不想聽的事就充耳不聞的習慣。

接下來，就只剩想辦法妨礙這樁婚事的工作了。就像要妨礙情敵結婚那樣。

我打開窗戶，叫喚家母。

夏日傾照的陽光，在寬廣的菜園上閃閃生輝。種有番茄和茄子的農田，像在極力反抗似的，朝太陽的方向舉起一片乾燥的綠意。太陽將滾燙的光線塗抹在強韌的葉脈上。植物滿溢著陰暗的生命力，被壓制在眼前這一大片菜園的閃耀亮光下。前方有一座神社，陰暗的門面朝向這邊。郊外的電車不時會激起一陣輕柔的震動，從前方那看不見的低處急駛而過。每次電車上方的集電桿急躁地通過後，可以望見那慵懶搖晃的電線亮光。它以厚實的夏日浮雲當背景，看起來別有含意，又像毫無意義，漫無目的搖晃著。

從菜園的正中央升起一頂綁著藍色緞帶的大草帽。是家母。我舅舅（家母的哥哥）的草帽則是一動也不動，完全沒轉頭，好像一株徹底彎折的向日葵。

自從在這裡展開生活後，母親曬黑了些許，從遠處看，她那一口白牙特別顯眼。來到聽得見聲音的距離後，她以孩子般的尖銳聲音叫道：

「有什麼事？有事的話，你過來這邊說吧。」

「是很重要的事。妳過來一下吧。」

家母略顯不悅地緩緩走近。手中的籃子裝有成熟的番茄。接著她將裝番茄的籃子放在窗框上，問我有什麼事。

我沒讓她看那封信。只摘要告訴她內容。在說話的同時，我益發搞不清楚為何要叫她過來。我一直說個不停，該不會是想讓自己接受這樣的結果吧？我告訴家母，父親的個性神經質，又愛叨念，如果同住一個屋簷下，日後我的妻子一定很辛苦；不過目前也沒辦法另外買房子；我們家傳統守舊，而園子家則是樂觀開放，兩家人的家風合不來；我自己也不想這麼快娶妻受罪……我神色自若地道出各種常聽的不利條件，希望家母能頑固反對。但她性情溫和，為人寬厚。

「感覺這件事有點奇怪。」——家母也沒深思，就插話道。「那麼，你自己又是怎麼想？你對女方究竟是喜歡，還是討厭呢？」

「這個，我……」我變得結結巴巴。「我不是真心的。抱著半玩樂的心態。但對方倒是認真起來，所以才傷腦筋。」

「這樣的話就不是問題了。早點把話說清楚，對雙方都好。我看這封信只是寫來探聽你的心意吧？你只要回信把話說清楚就行了……我要走了。可以吧？」

「嗯。」

——我輕嘆一聲。家母走到玉米稈擋住去路的柴門前，接著又快步回到我窗前。表情和剛才不太一樣。

「我說，剛才那件事……」家母變得像外人似的，以女人看陌生男子的眼神望著我。

「……你對園子……該不會已經……」

「說什麼傻話呢，媽，妳真是的。」我笑出聲來。感覺有生以來從沒笑得這麼痛苦過。

「妳以為我會做那種傻事嗎？妳就這麼信不過我？」

「知道。只是確認一下嘛。」家母恢復原本開朗的神情，靦腆地加以否認。「母親這個角色，就是為了擔心這種事才存在這世上。放心，我相信你。」

——當天晚上，我寫了一封連自己都覺得很不自然的婉拒信。我寫道，由於事出突然，目前我沒做好這樣的心理準備。隔天一早返回工廠，我順道前往郵局投遞時，那名負責快遞業務的女子一臉詫異地望著我顫抖的手，我則是凝望著那封信在她動作粗魯的髒手下，很機械性地被蓋下戳章。我的不幸受到機械性的對待，這撫慰了我。

空襲轉為對中小城市發動攻擊。看來，姑且不會有生命危險了。在學生間流傳著日本會投降的說法。年輕副教授發表語帶暗示的意見，想藉此在學生間吸引人氣。當他說出令人質疑的見解時，鼻翼賁張，一副志得意滿的模樣，我看了心想，才不會上你的當呢。另一方面，我也對那些至今仍相信會勝利的盲信者投以白眼。不論這場戰爭是輸是贏，我都不在乎。我只想轉世重生。

我因原因不明的高燒而返回位於郊外的住家。望著因發燒而旋轉的天花板，我像在誦經般，於心裡一再喃喃念著園子的名字。等我終於可以起身下床時，我聽聞廣島全滅的新聞。

這是最後的機會。人們一直謠傳，說接下來就換東京了。我穿著白襯衫和白短褲走在街上。當走到窮途末路的地步，人們是以開朗的神情走在路上的。每分每秒都平安無事。就像對吹飽的氣球施加壓力，彷彿隨時都會爆破時，會有一種充滿期待的開朗心情。儘管如此，每分每秒都沒事發生。這樣的日子倘若持續十天以上，肯定會發瘋。

某天，帥氣的飛機穿越那一點勁兒都沒有的高射砲砲擊，從夏日晴空撒下傳單。那是日本請求接受投降的消息。那天傍晚，家父下班返家時，直接來到我們位於郊外的暫時住所。

「喂，傳單上寫的是真的哦。」

——他從庭院走進，在外廊一坐下便如此說道，並向我出示一份英文原文的抄寫稿，據說是他從可靠管道聽來的。

我接過那份抄寫稿，沒空細看，便明白了事實。我指的並非敗戰的事實。而是對我而言，恐怖的日子就此開始的事實。光聽到那名字便令我全身發抖，而且長期以來我一直欺騙自己，當它永遠不會到來的人類「日常生活」，從明天開始也將不容分說地發生在我身上——就是這樣的事實。

四

意外的是，我一直視為畏途的日常生活，竟遲遲沒有開始的跡象。那是一種內亂，人們完全不考慮「明天」的程度，感覺更甚於戰時。

借我大學制服的學長退伍歸來，我歸還了那件制服。有好一段時間我陷入錯覺，以為自己就此從回憶或是過去中解脫，得到自由。

我妹妹死了。得知自己也是個會流淚的人後，我得到一股膚淺的心安。園子與某個男人相親結婚。我妹妹死後沒多久，她便結婚了。或許該說有一種如釋重負的感覺。我刻意對自己展現歡樂。不是她拋棄我，是我拋棄她，對這理所當然的結果，我引以為傲。

對於宿命強迫我做的事，我總是穿鑿附會，當成是我自己意志和理念的勝利，這多年來的壞毛病，已達到一種像瘋子般的狂妄程度。我命名為理性的特質，有種不道德的感覺，就像因突如其來的偶然而坐上王位的篡位者那樣。這名驢子般的篡位君王，連自己那愚蠢專制所可能帶來的復仇結果也沒能預料。

接下來的這一年，我在模糊不明的樂天心情下度過。敷衍地學習法律、機械式地上學、機械式地返家……對任何事都充耳未聞，任何事也都對我不聞不問。我學會像年輕僧侶般的老成微笑。感覺不出自己是生是死。我似乎已經忘了，忘了我對天然的自殺（因戰爭而死）所存有的渴望已經斷絕。

真正的痛苦只會緩緩到來。它就像肺結核，當自覺症狀出現時，病情已惡化到藥石罔效。

某天，我站在新書日漸增多的書店書架前，取出一本裝訂簡陋的翻譯書。是法國某位作家廢話連篇的一本隨筆。我隨意翻開頁面看到的第一行字，深深烙印我眼中。但在不悅和不安的驅使下，我合上書，放回書架。

隔天早上我突然一時興起，在上學的途中順道前往鄰近大學正門的那家書店，買下昨天那本書。上民法課時，我悄悄取出那本書，擺在攤開的筆記本旁，找尋昨天看的那一行。那行字帶給我比昨天更鮮明的不安。

「……女人擁有的力量多寡，完全取決於她能懲罰愛人的不幸程度。」

我在大學有一位熟識的好友，父親是糕餅老店的老闆。他乍看是個勤奮向學、沒半點趣味的大學生，不過對人和人生流露出的不屑感想，以及和我很相似的柔弱體格，都激起我對他的共鳴。我是因為自我防衛和虛張聲勢，才學會犬儒派作風的態度，但他不一樣，他的態度中帶有更為堅定的自信。我常納悶，他這是哪來的自信。過沒多久，他看出我仍是處男，在一股盛氣凌人的自嘲和優越感下，他說出自己常光顧不良場所，並邀我一同前去。

「你想去的話，就打通電話給我。我隨時奉陪。」

「嗯，如果我想去的話……應該就快了。我就快下定決心了。」

我如此應道。他有點難為情地動了動鼻子。我此時的心理狀態已完全被他看穿，他就像想起當時和我處於同樣情形的自己，一股羞恥心從我身上反彈回到他身上，這一切全化作他此刻的表情。我感到焦躁。那是亟欲想將我映在他眼中的狀態，與我現實中的狀態合而為一的焦躁。

潔癖這種事，是受慾望指揮的一種任性。我原本的慾望是種不為人知的慾望，連這般直接的任性都不允許。不過，我假想的慾望（也就是對女人單純且抽象的好奇心），被賜予了不容我有任性餘地的冷淡自由。好奇心沒有道德。這或許是人類所能擁有的一種最不道德的慾望。

我展開了痛苦的祕密練習。注視女人的裸體照片，測試自己的慾望——這是再明白不過的事了，但我的慾望始終不給回答。在我進行惡習時，先從腦中完全不浮現任何幻影做起，接著在心中浮現女人最淫蕩的姿態，試著讓自己習慣。有時感覺似乎成功了。但這樣的成功，其實是令人心碎的自欺欺人。

我決定死馬當活馬醫。我打電話給他，請他星期天下午五點在某家咖啡廳等我。當時已是戰爭結束後第二年的正月中旬。

「你終於下定決心啦？」他在電話中不懷好意地笑著。「好，我去。我保證會去。要是你放我鴿子，我可不饒你哦。」

——笑聲仍在耳畔迴蕩。我自己明白，若想抵抗，只能靠我那沒人察覺的僵硬微笑。儘管如此，我仍抱持一縷希望，甚至應該說是迷信。那是危險的迷信。只有虛榮心會使人冒險。以我的情況來說，那是不希望別人認為我都已經二十三歲了，卻還是處男的一種常見的虛榮心。

如今仔細一想才發現，我下定決心的那天，正好是我生日。

——我們互相打探般地望著彼此，他也知道今天不論是擺出一本正經的表情，還是嬉皮笑臉，看起來都一樣滑稽，於是他抽著菸，頻頻從態度不明的口中呼出白煙，然後針對這家店的糕點，說了幾句雞蛋裡挑骨頭的批評意見。我心不在焉地聽著，說道：

「你應該也做好心理準備了吧。第一次帶人去那種地方的傢伙，日後不是一輩子的好友，就是一輩子的仇人哦。」

「你可別這樣嚇我。如你所見，我是個膽小鬼。一輩子的仇人？這角色我可擔待不起。」

「你能明白這點，也算不容易了。」

我故意擺出高姿態。

「對了。」他露出司儀般的表情。「我們得找個地方喝酒。第一次如果沒先喝點酒，肯定辦不到。」

「不，我不想喝。」我感覺到臉頰發冷。「我死也不喝。我好歹還有這麼點膽量。」

接下來我們行經昏暗的都營電車、昏暗的私人鐵路、陌生的車站、陌生的市街、簡陋木屋林立的角落，紫色和紅色的電燈讓女人們的臉看起來像紙糊的一般。嫖客們發出赤腳行走般的腳步聲，默默往來於融霜後的溼濘小路。沒任何慾望。就只有不安像個吵著要點心吃的小孩，不斷地催促我。

「去哪裡都行。去哪裡都行喲。」

別走，別走嘛……這些女人刻意發出像呼吸困難般的聲音，使我很想逃離她們。

「那家的妓女很危險。那樣的臉蛋可以接受嗎？如果是那家會比較安全哦。」

「臉蛋長怎樣不重要。」

「這樣的話，我要挑姿色好一點的。事後你可別怨我哦。」

——我們走近後，兩名女子像被附身般站起來。裡頭是站直身子、頭便快要抵向天花板的小屋。那名微笑時露出金牙和牙齦、操著一口東北腔的大妞，把我拐進一間三張榻榻米大的小房間。

義務觀念驅使我抱住她。我摟著她的肩，吻向她的唇，結果她晃動那厚實的肩膀，笑著道：

「不行哦。這樣你會沾上口紅。得這麼做。」

妓女張開那以口紅鑲邊、滿是金牙的大嘴，伸出像棍棒般強健的舌頭。我也學她伸出舌頭，舌尖相互碰觸……想必外人無法理解，沒有感覺像極了強烈的痛楚。我全身因強烈的疼痛，而且是完全感覺不到的疼痛，而有一種麻痺之感。我朝枕頭躺下。

十分鐘後，我確定無法有進一步發展。羞恥令我雙膝發顫。

在假定朋友沒察覺的情況下，之後數日，我皆沉浸在那痊癒的自甘墮落感中。一直擔心會染上不治之症的人，在確認病名後，反而能感到暫時的安心。他很清楚這樣的安心不過只是暫時，而且內心在等候一個更無處可逃、充滿絕望、永遠的安心。我也滿心期待一個更無處可逃的打擊，亦即更無處可逃的安心。

接下來一個月的時間，我和那名友人多次在學校碰面。我們彼此都沒談起那件事。一個月後，他帶著一名與我熟識，而且愛好女色的朋友來拜訪我。他是名愛炫耀的青年，總是四處吹噓他只要十五分鐘便能把女人把到手。過沒多久，終於還是談到了該談的話題。

「我實在是沒轍。連我自己都不知道該拿自己怎麼辦。」那名好女色的學生打量著我，如此說道。「要是我的朋友當中有人性無能，那我可真羨慕。非但羨慕，甚至還很尊敬呢。」

我那位朋友見我為之色變，連忙改變話題。

「之前說好要向你借馬塞爾．普魯斯特（Marcel Proust）的書對吧。有趣嗎？」

「嗯，很有趣。普魯斯特是索多瑪[47]的男人，與男傭發生關係。」

「索多瑪的男人是什麼意思？」

---

47 Sodoma，聖經裡的罪惡都市，被上帝毀滅。有一說指稱，索多瑪被滅是因為城內同性戀犯濫。

我佯裝不知，倚賴這小小的提問，為了得到可以證明我的失態還沒被人發現的線索，竭盡全力掙扎，這我自己很清楚。

「索多瑪的男人，就是索多瑪的男人啊。你不知道嗎？就是指男同性戀者。」

「普魯斯特是同性戀者，這還是第一次聽說。」我感覺到自己的聲音在顫抖。這時要是展現怒意，便會給對方確切的證據。我對自己竟然能忍受這種可恥的外表平靜，感到可怕。我明白那位朋友已從中察覺出什麼。可能是我自己心理作用，覺得他好像刻意不看我。

等到晚上十一點，那可恨的訪客離去後，我窩在房裡，一夜未眠。我不斷啜泣。最後一如平時，那血腥的幻想來訪，帶給我撫慰。我將自己完全交付給這與我最為親近、殘忍，且邪門的幻影。

我需要安慰。雖然明白最後只會留下空洞的對話和掃興的餘味，還是常參加老朋友的家中聚會。這不同於大學的朋友，參加聚會的人全都很重門面，反而讓我感到寬心。裡頭有特別矯揉造作的千金小姐、聲樂女高音歌手、未來的女鋼琴家、新婚的少婦。大家一起唱歌、淺酌、玩些無聊的遊戲、躲起來玩微帶情色的捉迷藏，有時還徹夜狂歡。

待天亮後，我們不時會邊跳舞邊睡。為了消除睏意，我們朝地面撒上幾片坐墊，以唱片音樂突然停止為信號，從圍成的舞圈中散開，男女一組坐向一張坐墊，沒坐到的人得表演才藝。原本站著跳舞的男女，改為糾纏著搶坐地上的坐墊，自然免不了一陣喧譁。反覆玩了幾次後，女人們也開始不顧形象了。當中最美的一位千金小姐與人糾纏在一起，一屁股跌坐地面，因力道過猛，裙子都捲至大腿上了，但她可能已有幾分醉意，沒注意到此事，還呵呵笑著。大腿無比白皙，膚光勝雪。

如果是以前的我，會以不曾一刻稍忘的演技，和其他青年一樣，模仿那違背自己慾望的習慣，馬上將目光從對方身上移開。但從那天之後，我一改以往的作風。我毫無半點羞恥（也就是說，對於我天生沒有羞恥心這件事，我毫不感到羞恥），像是靜靜觀察什麼事物般，緊盯著那白皙的大腿。驀地，因凝視而匯聚來的痛苦造訪。痛苦對我說道：「你不是人。你無法與人交往。你不是人，而是某種奇特的悲哀生物。」

剛好官員特考的準備已步步進逼，我盡可能讓自己成為枯燥乏味的書呆子，所以身心皆能很自然地從折磨我的事情中遠離。但那也只有一開始。從那一晚起，無力感蔓延至我生活的每個角落，我內心陰鬱，接連好幾天做什麼事都提不起勁。我必須證明自己能做些什麼，這需求日益強烈。感覺我要是再不趕快樹立這樣的證明，便無法活下去。話雖如此，那天生就有的不道德手段，我怎麼也找不到，就算一直採取妥當的形式，在這個國家也沒有任何可以滿足我那異常慾望的機會。

春天到來，在我平靜的外表下，暗藏著瘋狂的急躁。季節就像摻雜沙塵的烈風，感覺對我抱持敵意。每當有車輛從我身旁掠過，我總會在心中高聲咒罵「為什麼不從我身上輾過」。

我喜歡逼自己強制念書和過著強制的生活方式。趁念書的空檔上街，我那充血的眼睛多次感覺到旁人懷疑的眼光。在世人眼中，我每天都過著勤奮的日子，但是自甘墮落、放蕩、不知明天為何物的生活、極度腐敗的怠惰，在這一切的侵蝕下產生的疲勞感，我自己很清楚。然而，就在春天即將結束的某個午後，我坐在都營電車上，突然有一股幾欲令人停止呼吸的清冷悸動向我來襲來。

因為我從站著的乘客間，看見園子就坐在對面座位上。那微帶稚氣的雙眉下，有一雙率真、內斂、難以言喻的溫柔雙眸。我差點站起身。這時，一名站著的乘客鬆開吊環，走向出口。女子的臉清楚呈現在我面前。她不是園子。

我的心仍舊跳得又快又急。要將這悸動解釋為一般的震驚或歉疚，非常容易，但這樣的解釋無法顛覆那剎那感動的聖潔。我馬上想起三月九日清晨在月臺上看見園子時的感動。然而，兩者雖然相似，卻又是不同的兩件事。連如同被人掃倒在地似的悲哀也極為相似。

這瑣細的記憶令我難以忘懷，對接下來的數天帶來鮮活的震撼。不應該是這樣。我不可能還愛著園子。我應該是無法愛上女人才對。這樣的反省反而唆使人心生抵抗。明明直到昨天為止，這樣的反省都是對我既忠實又順從的唯一想法。

就這樣，回憶突然在我心中重拾權力，這場政變取得了鮮明的痛苦形體。兩年前，我理應已處理妥當的「瑣細」記憶，此時猶如長大後突然出現的私生子般，已長得異常巨大，在我眼前重現。它不是我之前不時會虛構的「甜美」狀態，也不是日後我為了方便處理而採用的制式化狀態，我回憶的每個角落都被一個清楚明瞭的痛苦狀態所貫穿。如果那是悔恨，那麼，眾多前人已為我發現了忍耐的方法。但我的痛苦並非悔恨，而是一種異常清晰的痛苦，就像被迫從窗口俯視夏日豔陽將馬路照出清楚分界的陽光般。

某個梅雨季的陰沉午後，我有事到平時不太常去的麻布町一趟，順便在街上散步，這時，突然有人從後方叫我名字。是園子。我轉頭認出是她時，並沒有像先前在電車內錯把其他女人看成她時那般震驚。這偶然的邂逅極為自然，感覺仿如我早已預見這一切。就像老早就知悉會有這一刻的到來。

她穿著一件除了胸前有蕾絲外，再無其他裝飾，上頭的花朵圖案如漂亮壁紙般的連身洋裝，看不出已嫁為人婦。像是剛去過配給所回來，手裡提著桶子，後頭跟著一名同樣提著桶子的老婦人。她叫那名老婦人先回去，與我邊走邊聊。

「你瘦了呢。」

「是啊，因為忙著念書，準備考試。」

「這樣啊。請多保重。」

我們沉默了片刻。走在從戰火中倖存的住宅街上，微弱的陽光開始照向那清幽的小徑。一隻溼淋淋的鴨子邁著笨拙的步伐，從一戶人家的後門走出，邊叫邊從我們面前經過，沿著水溝往前而去。我從中感覺到幸福。

「妳現在都讀些什麼書呢？」我問。

「你是指小說嗎？有《吃蓼蟲》[48]，還有……」

「妳沒看A嗎？」

我說出目前正流行的《A……》這本小說的書名。

「是那本裸女的書嗎？」她說。

「咦？」我驚訝地反問。

「哎呀……我是指封面那張圖。」

——兩年前，她還不是一個敢當面說「裸女」這個字眼的女人。透過這些細微的隻字片語，我深切明白園子已不再純潔。來到轉角處時，她停下腳步。

「從這裡轉個彎走到底，就是我家。」

離別教人難過，所以我垂落的目光改移至她手中的桶子。桶子裡裝滿了沐浴在陽光下的蒟蒻，看來宛如到海邊游泳而被陽光曬黑的女人肌膚。

「要是在太陽下曬太久，蒟蒻會發臭。」

「是嗎？那我可責任重大呢。」園子以帶有鼻音的嗓音高聲道。

「再見。」

「嗯，祝你一切順心。」她轉過身去。

---

48 谷崎潤一郎著。

我喚住她，問她會不會回娘家，她若無其事地回答道，這個星期六會回去。

道別後，我這才注意到一件之前都沒發現的大事。今天的她看起來像是原諒了我。她為什麼要原諒我呢？有比這樣的寬容更嚴重的侮辱嗎？不過，要是再清楚地嘗一次她的侮辱，我的痛苦或許也能就此得到療癒。

我等不及星期六的到來。剛好草野也從京都的大學返回自己家中。

星期六下午我去拜訪草野，正與他交談時，我懷疑起自己的耳朵。因為我聽見鋼琴聲。那已不是稚氣的音色，而是帶有豐厚、奔放的音質，無比飽滿、耀眼。

「那是誰？」

「是園子。她今天回到家裡。」

毫不知情的草野如此說道。我以痛苦將所有記憶逐一喚回心中。草野對我當時委婉的拒絕隻字未提，我深切感受到他的善意。我想得知園子當時曾為此感到痛苦的證據，想找出我不幸的某個對應物，但「時間」再次像雜草般，在草野、我、園子三人當中叢生，禁止任何固執、虛榮，以及毫無顧忌的情感表白。

鋼琴聲停了。草野機靈地說道「我帶她過來吧」。不久，園子和她哥哥一起走進房內。園子的丈夫在外務省工作，我們三人聊起和外務省的熟人有關的傳聞，無意義地笑著。草野在他母親的叫喚下起身離席，我和園子就此兩人獨處，就像兩年前的那天。

她像個孩子般，自豪地說著草野家是如何在她丈夫的大力幫忙下才免於被接收。從她少女時代起，我就喜歡聽她誇耀自己的事。雖說過於謙遜的女人和高傲的女人一樣令人倒胃口，但園子她沉穩大方的誇耀，散發著一股天真浪漫、討人喜愛的女人味。

「我說……」她語氣平靜地接話道。「我很想問你一件事，但一直都沒機會。為什麼我們沒能結婚呢？打從我自哥哥那裡得知答覆後，便一直搞不懂這世間事。我每天都在思索這問題，還是想不透。直到現在，我也還是不懂，為什麼我們就沒能結婚呢？」她像生氣似的，微泛紅暈的臉面向我，接著把臉轉向一旁，像在朗讀般說道：「……你討厭我是嗎？」

若換個角度來聽這番話，會覺得這不過是很制式化的盤問口吻，但我面對那開門見山的詢問，心中以一種極度悲慘的喜悅加以回應。但這種不像樣的喜悅旋即轉化為痛苦。除了原本的痛苦外，還有因為兩年前的「瑣細」小事重新回鍋，令我心痛、造成我自尊心受創的痛苦。我想在她面前保有自由，只是我依然沒這個資格。

「妳對世間事還是一無所知。而不諳世事，也正是妳的優點。不過，世事的安排，並非都是讓相愛的兩人結婚。就如同我在給妳哥的那封信中所寫。而且……」我感到自己即將說出很娘娘腔的話來。我想保持沉默。但我管不住自己。「……而且，我在信中並沒有清楚寫說我們不能結婚。因為我才二十一歲，又是個學生，這對我來說實在太過突然。而就在我猶豫不決時，沒想到妳這麼快就結了婚。」

「我也沒有後悔的權利啊。我先生很愛我，我也愛我先生。我真的很幸福，已無奢無求。但這是壞念頭嗎？我不時會……這該怎麼說好呢，有時我會試著想像另一個自己、過著另一種生活。結果我變得更不明白了。感覺我想說出不該說的話，腦裡想著不該想的事，這令我害怕極了。像這時候，我先生就顯得很可靠。他當我像孩子般疼愛我。」

「雖然這麼說好像很自戀，但我還是明說吧。像這時候，妳對我充滿埋怨。妳很恨我。」

——園子連「恨」這個字的含意都不懂。她溫柔而又認真地嬌嗔道：「隨你去想吧。」

「下次可以再私下見面嗎？」我像是受到催促般，向她哀求道。「這並不是什麼虧心事。只要能見到妳，我也就心滿意足了。我已沒資格再說些什麼。就算都不說話也行，只要有三十分鐘就好。」

「見面又能怎樣？要是再見一次面，難保你不會要求再見一次。我婆婆管得很嚴，從我外出的地點乃至於時間，她都會一一過問。我懷著這種備感拘束的心情與你見面，要是……」她變得吞吞吐吐。「……人心會有怎樣的變動，誰都說不準啊。」

「這確實誰也說不準。不過，妳還是老樣子，很會以假面掩飾。凡事妳就不能看開一點、別想得那麼嚴重嗎？」我扯了個大謊。

「……你們男人可以這樣，但結過婚的女人可沒法子這樣。日後你有了太太，就會明白的。我認為，不論將事物看得多慎重，都不過分。」

「就像大姊姊在說教似的。」

這時草野走進，我們的對話就此中斷。

在這樣的對話中，我心中的狐疑無限擴張。我向神明立誓，想見園子的心真實無偽。不過這當中明顯不帶有任何肉慾。想見她的慾望，究竟是何種慾望呢？明顯不含肉慾的這股熱情，不正是一種自我欺瞞嗎？好吧，就算它是真正的熱情，那也是可以輕易壓抑的微弱火焰，我這不過是帶著炫耀的心態去撩撥罷了。話說回來，完全沒在肉慾中扎根的戀情，真的存在於這世上嗎？這明顯就矛盾吧？

但我又有另一番想法。如果人類的熱情擁有站在一切矛盾之上的力量，那麼，在熱情本身的矛盾之上，難保不會有能立足其上的力量。

自從經歷那決定性的一夜後，我便巧妙地避開女人。從那之後，別說是會激起真實肉慾的青年雙唇了，就連女人的紅唇我也沒碰過。儘管是在沒和人接吻反而顯得失禮的情況下也一樣——而夏天來訪，它對我孤獨的威脅，比春天還要嚴厲。盛夏揮著皮鞭，驅策我心中肉慾的奔馬；它燒灼我的肉體，百般折磨我。為了保護自己，我有時一天得犯上五次惡習。

完全將倒錯現象以單純的生物學現象加以解釋的赫希菲爾德學說，為我啟蒙。那決定性的一夜，也是理所當然的歸結，而不是什麼該感到羞愧的歸結。在我的想像中，對於青年的慾望，過去從沒朝pedicatio（男色）的方向投射，而是固定在研究者證明幾乎都具有相同普遍性的某種形式上。在德國人當中，有像我這種衝動的人並不罕見。普拉騰伯爵[49]的日記就是最明確表示的例子。溫克爾曼[50]也是。在文藝復興時期的義大利，米開朗基羅也明顯是個和我有同樣衝動的人。

但我內心的生活，並未因為有這些科學性的了解而得以解決。倒錯難以成為現實之物，這也是因為對我來說，這單純只是肉體的衝動、一味的吶喊和喘息的黑暗衝動。從我喜愛的青年身上，也只是激起肉慾罷了。若採用膚淺的說法，靈仍舊歸園子所有。我無法輕易相信靈肉相剋這種中世紀的圖解，但為了方便說明，我還是採用這種說法。對我而言，這兩者的分裂既單純又直接。園子就像是對正常的我、對性靈、對永恆之物的愛的化身。

但光是這樣，還是無法解決問題。感情不喜歡固定的秩序。它猶如乙醚中的微粒子，喜歡自在地四處飛翔、飄浮、戰慄。

……一年後，我們清醒了。我通過官員特考，自大學畢業，以事務官的身分任職於某政府單位。在這一年裡，我們有時像是偶然，有時則是假藉一些無關緊要的事，每隔兩、三個月見一次面，每次都利用中午一、兩個小時，若無其事地見面，若無其事地道別。我擺出一副就算被人瞧見也不會難為情的模樣。園子也總是語帶顧忌地聊及一些往事，以及我們彼此所處的環境，並加以揶揄，始終都圍繞在這些話題上。說到我們兩人之間的交往，性關係當

49 August von Platen, 1796-1835，德國詩人，他讚揚男性美，為同性愛所苦惱。

50 Johann Joachim Winckelmann, 1717-1768，德國考古學家與藝術學家。

然是沒有，恐怕連男女間的情誼也稱不上。就連見面時，我們也只想著要在道別時可以乾脆俐落。

這樣我便心滿意足。不僅如此，這隨時都可能中斷的關係所帶有的充分神祕感，令我心中充滿感謝。我無一日不想著園子，每次與她見面，便感受到平靜的幸福。幽會的微妙緊張，與清白的均衡，深及我生活的每個角落，感覺為我的生活帶來極為脆弱、但又極其透明的秩序。

然而，一年後我們都清醒了。我們不是住在兒童房裡，而是住在成人房裡的居民，那扇半開的門得馬上修繕才行。我們兩人的關係，就像總是打開到一定程度就無法再開的門，早晚都需要修理。不僅如此，大人也無法像孩子一樣忍受單調的遊戲。我們歷經的這幾次幽會，就像重疊後看起來完全一樣的和歌紙牌，每一張都是同樣的大小和厚度，不過是千篇一律的東西罷了。

在這種關係下，我徹底嘗到只有我才懂的不道德喜悅。這是比世間常見的不道德還要更微妙的一種不道德，猶如精妙絕倫的毒藥般，是清白的惡劣德行。由於我的本性、我的首要宗旨，就是不道德，所以道德的行為、坦蕩的男女交往、光明正大的步驟、被視為高風亮節的人品等等，這一切反而都以暗藏的悖德滋味、真正的惡魔滋味，勾引著我。

我們把手伸向彼此，支撐著某個東西，這東西只要相信它存在，它就存在，若相信它沒有，就會失去，是一種類似氣體的物質。支撐它的動作乍看簡單，其實是經過一番精密計算後的結果。我讓人工所呈現的「正常」出現在那個空間中，想用每個瞬間去支撐那幾乎是架空的「愛」，並引誘園子一同來從事這項危險工作。她看起來像是在不知情的情況下成了這項陰謀的幫凶。就因為不知情，所以她所提供的助力才有效。但有時園子也隱隱感覺到，這難以言狀的危險，與人世間一般的危險完全不同。帶有精確密度的危險，有種難以擺脫的力量。

晚夏的某天，從高原的避暑地返回的園子，與我在名為「金雞」的一家餐廳幽會。我們一見面，我便告訴她我想辭去事務官工作的事。

「那你今後打算怎麼做？」

「就順其自然吧。」

「哎呀，真沒想到。」

她沒再細問。我們之間已建立這樣的規矩。

在高原的日曬下，園子的肌膚已失去胸前那片眩目的白皙。手上戒指那顆無比巨大的珍珠，因酷熱而顯得慵懶、黯淡。她那高亢的語調中，原本就帶有哀切與慵懶的音樂，聽起來與這個季節相當搭調。

我們再度展開那沒有意義、只是一味兜圈子、不正經的對話。或許是天熱的緣故，有時感覺對話內容極為空洞，像坐在旁邊聽別人交談。這種心情好似即將從睡夢中醒來時，因為不想從愉悅的夢中清醒，而努力急著要再入睡，結果反而無法重新喚回夢境。覺醒突然掃興地闖入所帶來的不安、即將清醒時，夢境所遺留的空虛愉悅，這些都像某種惡質的病菌般，侵蝕著我們的內心，這一切我全瞧在眼裡。疾病如同彼此說好似的，幾乎同時來到我們心中。在它的反作用力下，使我們變得開朗。我們彼此猶如被對方的話追著跑，互相開著玩笑。

園子那高聳的優雅髮型底下，曬黑的肌膚雖然打亂了幾分文靜的氣質，但那稚氣的細眉、溫柔水亮的雙眸、略顯沉重的柔唇，仍像平時一樣散發著靜謐之氣。餐廳裡的女客從桌旁走過時，都顯得很在意她。服務生端著一只銀盤四處走動，盤子上是一隻冰雕大天鵝，背後盛著冰品。園子以戴著晶亮戒指的手指彈響塑膠手提包上的金釦。

「覺得無聊是嗎？」

「我不喜歡你這麼說。」

聽得出她的口吻中藏有一絲倦怠。就算說那是「美豔」也沒多大差別。她的目光移向窗外的夏日街景，緩緩開口道：

「我常感到困惑不解。像這樣和你見面，究竟為的是什麼。但還是跑來見你。」

「因為這至少不是沒有意義的失分吧。儘管肯定也是沒有意義的得分。」

「我是有夫之婦。就算是沒意義的得分，也沒有空間允許我這麼做。」

「多麼拘謹的數學題啊。」

——我就此曉悟，園子終於來到疑惑的門口。我開始覺得，這扇只能打開一半的門，不能再這樣放任不管了。或許現在這種正經八百的敏感，占有我和園子之間共同感的絕大部分。能夠讓一切都維持原狀的年紀，我還差得遠呢。

不過，我那難以形容的不安，不知不覺間感染了園子，而且這不安的氣息可能是我們兩人唯一共有之物，這樣的事態就像鐵證般突然湊向我面前。園子又接著說下去；我想裝沒聽見，卻做出輕佻的回應。

「要是繼續這樣下去，你猜會怎樣？你不覺得會被逼入進退維谷的局面嗎？」

「我很尊敬妳，而且我對誰都問心無愧。朋友見面，又有什麼不對？」

「之前是這樣沒錯。就像你所說的。你是位很了不起的人，但接下來可就不知道了。明明沒做任何見不得人的事，我卻動不動就做惡夢。像這種時候，我總覺得像是神在懲罰我未來會犯下的罪業。」

「未來」一詞所產生的明確迴響，令我全身戰慄。

「再這樣下去，總有一天會令我們彼此受苦。等開始痛苦後，就太遲了，不是嗎？你不覺得我們所做的事就像在玩火嗎？」

「妳所說的玩火，指的是怎樣的事？」

「很多都是。」

「這樣也算玩火嗎？根本就像在玩水。」

她沒笑，她不時會在談話間的空檔緊抿雙唇，嘴角幾乎都要垂落了。

「最近我開始覺得自己是可怕的女人。只覺得自己在精神上是個汙穢的壞女人。除了我丈夫，我不能讓其他男人進入我夢中。我決定今年秋天要受洗。」

園子在半自我陶醉的狀態下做出此種慵懶的告白，我反而循著這種很像女人會說的反話，來忖度她明知有些話不該說、卻又想說的這份無意識的欲望。對此，我既沒歡喜的權利，也沒悲傷的資格。話說回來，對她的丈夫絲毫不感到嫉妒的我，對於這樣的資格和權利，又哪能去動用、否定，或是肯定呢。我默然無語。在盛夏時節，望著自己白皙瘦弱的手，令我備感絕望。

「那妳現在怎樣？」

「現在？」

她垂眼望著地面。

「妳現在想著誰？」

「……我丈夫。」

「那麼，妳沒受洗的必要。」

「有必要……我心裡慌。我覺得自己內心搖擺不定。」

「那麼，現在呢？」

「現在？」

就像不是在向任何人發問般，園子抬起她那無比認真的視線。她那美麗的雙眸，世間少有。宛如清泉般總是詠唱感情流露，深邃、毫不稍瞬的宿命雙眸。面對這對眸子，我永遠無言以對。我猛然將抽一半的香菸擰向遠處的菸灰缸。這時，窄細的花瓶翻倒，桌面完全浸水。

服務生前來把水擦乾。望著因浸水而變皺的桌巾被擦拭的模樣，使我們情緒低落。這給了我們一個提早離開這家店的機會。夏日的街道人潮擁擠。昂首闊步，模樣健康的情侶，露出胳臂從我們面前走過。我感受到來自眼前萬物的侮蔑。侮蔑如同夏天毒辣的陽光般，燒灼著我。

再過三十分鐘，就是我們道別的時刻。很難明確地說這是因為離別的痛苦所造成，但往往被誤認為是一種熱情的焦躁神經，讓人很想用油畫這類的深色塗料將這三十分鐘塗抹掩蓋。我們來到一處舞廳，正以擴音器朝街道散播節奏狂野的倫巴舞曲，我就此停步。因為我猛然想起以前讀過的某段詩句。

……儘管如此，
那仍是一支不會結束的舞。

其他部分我忘了。記得好像是安德烈·薩孟[51]的詩句。園子頷首，為了那三十分鐘的舞，她跟著我走進這處陌生的舞廳。

舞廳裡無比擁擠，滿是擅自將公司的午休時間延長一、兩個小時，在這裡持續熱舞的常客。熱氣迎面撲來。原本就已不夠完善的通風設備，再加上用來遮蔽外頭亮光的厚重窗簾，使得場內淤積著一股令人呼吸困難的悶熱，緩緩攪動著在燈光映照下、宛如迷霧的塵埃。散發著汗水、廉價香水、廉價髮油等氣味，若無其事跳著舞的客人是哪種人，不言可知。我很後悔帶園子到這種地方來。

但現在我已無法回頭。我們很不情願地擠進跳舞的人群中。為數眾多的電風扇未送出像樣的風來。舞小姐和身穿夏威夷衫的年輕人，滿是溼汗的額頭緊貼共舞。舞小姐的鼻翼泛黑，白粉因汗水而浮起顆粒，看起來猶如臉上長了面皰。禮服的後背顯得又溼又髒，比剛才的桌巾還糟。就在還沒決定要不要跳舞時，汗水已順著胸口滑落。園子急促地呼著氣，就像呼吸困難般。

為了呼吸外頭的空氣，我們穿過一道拱門，上頭纏滿不合時節的人造花，來到中庭，坐在簡陋的椅子上休息。這裡雖然有新鮮空氣，但水泥地面在陽光的照射下，對一旁位於陰涼處的椅子散發出強烈的熱氣。可口可樂的甜味在口中久久不散。感覺得出，我所感受到的那些來自萬物的侮蔑痛苦，也令園子為之沉默。我忍受不了時間在沉默中緩緩推移，因而將目光移向我們四周。

一名肥胖的女子以手帕搧著胸口，懶洋洋地倚在牆上。搖擺樂隊演奏著氣勢十足的快步舞曲。種在中庭花盆裡的日本冷杉，在滿是裂痕的泥土上斜向生長。陰影下的椅子坐滿了人，但陽光下的椅子則乏人問津。

---

51 André Salmon, 1881-1969，法國詩人，美術批評家。

只有一組人坐在陽光下的椅子上，旁若無人地談笑。他們是兩位年輕女孩和兩名青年。一名女孩動作生硬地拿著香菸，以矯揉造作的模樣湊向嘴邊，每次都會微微咳嗽。她們兩人都穿著像是以浴衣改作而成、造型怪異的連身洋裝，手臂完全裸露在外。一雙紅通通的手臂，像是捕魚人家的女孩，手上到處是蟲咬的疤痕。每次青年們開低俗的玩笑，她們便會互望一眼，裝模作樣地嬌笑。似乎不是很在意朝她們頭髮灑落的酷熱陽光。一名青年臉色蒼白，長相陰險，身穿夏威夷衫。但他的手臂健壯。嘴角邊的猥瑣笑容忽隱忽現，以手指戳著女人的胸部，逗對方發笑。

另一人吸引了我的目光。年約二十二、三歲，有一張雖然粗野，但相當端正的黝黑五官。他打著赤膊，重新將他肚子上那條被汗水浸溼的淡灰色棉布肚圍纏好。他不斷加入同伴的談話中，跟著發笑，同時很刻意地慢慢纏上那條肚圍。他裸露的胸膛呈現出緊實而凸出的肌肉。立體肌肉形成的溝痕，從胸膛中央一路連往腹部。側腹成排的肌肉，像粗繩般從左右兩側往中央變窄、糾緊；那光滑、充滿熱能的胴體，正以骯髒的棉布肚圍勒緊纏繞；曬成古銅色的裸露肩膀，像抹油似的閃閃生輝。腋窩處滿出的一叢黑毛，在陽光照射下，捲曲著散發金光。

看到這一幕，尤其是看到他緊實手臂上有牡丹刺青時，我的情慾頓時被激起。我熱切地緊盯著那粗鄙、野蠻，但美得無與倫比的肉體。他在太陽底下笑著。仰身時，可以望見他隆起的粗大喉結。一陣奇怪的悸動在我胸口遊走。我已無法從他身上移開目光。

我忘了園子的存在，腦中只想著一件事，就是這名男子打著赤膊走向盛夏的街道，與流氓打鬥；鋒利的匕首穿透肚圍、刺進他的身軀，那骯髒的肚圍因鮮血而染上美麗的色彩。他那血淋淋的屍體被擺在門板上，再度運回此地……

「只剩五分鐘了。」

園子高亢悲切的聲音穿透我的耳膜。我以感到不可思議的神情轉頭望向園子。

剎那間，我體內有個東西以殘酷的力量將我撕成兩半，恍如閃電劈下，將樹木裂成兩半。我聽見過去我處心積慮、用心堆疊成的建築，發出令人心痛的崩塌巨響，彷彿我的存在替換成某個可怕的「不存在」，而我目睹了那一剎那。我合上眼，在這須臾間，我緊緊抓住那仿如凍結般的義務觀念。

「還有五分鐘是吧？抱歉，帶妳到這種地方來。妳沒生氣嗎？像妳這樣的人，不該看那些俗人的粗俗模樣。聽說這間舞廳沒有好好跟黑道打招呼，所以不管再怎麼拒絕，那些人還是都跑來這裡跳舞，不付錢。」

不過，真正看這些人的，就只有我。園子完全沒看。她受過良好的家教，不該看的事，不會多看一眼。她只是似看非看地望著前方長長的人龍，這些人在欣賞別人跳舞，個個汗流浹背。

儘管如此，現場的氣氛在不知不覺間似乎也對園子的內心引發某種化學變化。不久，她拘謹的嘴角浮現像是微笑徵兆的表情，就像要事先以微笑來試著說出些什麼。

「我想問你一個奇怪的問題。你有過經驗了吧？當然了，你應該懂那件事吧？」

我已筋疲力盡。但我還保有一個類似內心發條的東西，它馬上讓我做出煞有其事的回答。

「嗯……我懂。很遺憾。」

「是什麼時候的事？」

「去年春天。」

「和誰？」

——這優雅的提問令我錯愕。她只知道將自己曉得名字的女人與我聯想在一起。

「名字我不能說。」

「是誰？」

「請別過問。」

也許是從我的言外之意中聽出過於明顯的哀求口吻，她一時顯露驚詫之色，陷入沉默。

我竭盡所能，不讓她發現血色正從我臉上抽離。靜靜等候道別的時刻到來。俗氣的藍調音樂揉捏著時間。我們在擴音器傳來的感傷歌聲中，靜立不動。

我和園子幾乎同時望向手錶。

——時間到了。我站起身時，再次往那陽光下的椅子偷瞄一眼。看來，那群人已經跳舞去了，空出的椅子擺在灼熱的陽光下，灑落桌上的飲料發出耀眼的反射光芒。

一九四九年四月二十七日

三島由紀夫文集 1

假面的告白
仮面の告白

作者　三島由紀夫（みしま ゆきお）
譯者　高詹燦
社長　陳蕙慧
編輯　謝　晴
行銷企劃　廖祿存
電腦排版　極翔企業有限公司

出版　木馬文化事業股份有限公司
發行　遠足文化事業股份有限公司（讀書共和國集團）
地址　231新北市新店區民權路108之4號8樓
電話 02-2218-1417　傳真 02-2218-0727
email: service@bookrep.com.tw
郵撥帳號 19588272 木馬文化事業股份有限公司
客服專線 0800221029
法律顧問　華洋法律事務所 蘇文生 律師
印刷　成陽印刷股份有限公司
二版1刷　2018年6月
二版10刷　2023年11月
定價　新台幣280元
ISBN 978-986-359-557-1

國家圖書館出版品預行編目(CIP)資料

假面的告白 / 三島由紀夫著；高詹燦譯. -- 二版. -- 新北市：木馬文化出版：遠足文化發行, 2018.06
面；　公分. --（三島由紀夫文集；1）
譯自：仮面の告白
ISBN 978-986-359-557-1（平裝）

861.57　　107008088